Der 19. Engel

Nika Lubitsch

NIKA LUBITSCH

DER 19. ENGEL

KRIMINALROMAN

Nika Lubitsch, Lindenthaler Allee 36, 14163 Berlin
Telefon-Nr. 030/770 59 774
Mail: info@nikalubitsch.de

Webseite: www.nikalubitsch.de
Facebook: www.facebook.com/NikaLubitsch

Lektorat: Regine Weisbrod, www.lektorat-weisbrod.de
Korrektorat & Satz: Corinna Rindlisbacher, www.ebokks.de
Coverdesign: Catrin Sommer, www.rausch-gold.com
Coverfoto: shutterstock_785805259, _275729039 und _190679732

In der Frauenhaftanstalt

Ja, ich habe gemordet. Mit allem, womit man töten kann. Ich habe mit einer Pistole geschossen, mit einem Kissen erstickt und das Messer gezückt, Gift gemischt und einen Dickschädel mit einem Golfschläger gespalten. Böse Mädchen, so sagt man, kommen überall hin. Aber ich war noch nie im Gefängnis.

Als sich die schwere, graue Stahltür der Frauenhaftanstalt Pankow hinter mir schloss, spürte ich zum ersten Mal die Beklemmung, die mir unweigerlich den Hals zuschnürte. Ein wenig erinnerte mich die Prozedur an die frühere Einreise in die DDR. Eine streng aussehende Beamtin kontrollierte mit dem misstrauischen Blick eines Vopos meinen Ausweis und verglich meinen Namen mit den Anmeldungen. Meine Handtasche mit dem Mobiltelefon wurde mir abgenommen und eingeschlossen.

„Aber Block und Kuli darf ich doch mit hineinnehmen?“, fragte ich.

Die dunkelblau uniformierte Frau schüttelte nur den Kopf. Sie tastete mich ab und zog den zerknitterten Brief aus meiner Jackentasche.

„Den müssen Sie auch hierlassen“, sagte sie.

Wie gut, dass ich den Brief auswendig kannte, er hatte mir einige schlaflose Nächte bereitet: Sollte ich oder sollte ich nicht? Diese Frage trieb mich um. Ich war mir sicher, dass ein Justizbeamter diesen Brief gelesen und genehmigt hatte, bevor er das Gefängnis verlassen hat.

„Bitte warten Sie dort drinnen, Sie werden abgeholt", sagte die Frau mit dem Volkspolizistenblick.

Ich passierte einen Metalldetektor und setzte mich in den verglasten Raum, wo bereits eine dicke Frau und ein ebenso dickes, vielleicht zwölfjähriges Mädchen mit gesenktem Blick warteten. Ich konnte geradezu körperlich die Scham spüren, die das Mädchen an diesem trostlosen Ort empfand. Ein Hauch Zwiebelaroma hing in der Luft. Oder waren das die Ausdünstungen von Stress?

In Gedanken ging ich noch mal den Brief durch, der mich hierhergeführt hatte.

Liebe Juliane Mansfield,

Sie bekommen sicher nicht jeden Tag einen Brief aus dem Knast. Seitdem ich in der Gefängnisbibliothek auf Ihren Psychothriller „Des Teufels kleine Schwester" gestoßen bin, bin ich ein großer Fan Ihrer Bücher. Ja, da staunen Sie, auch in der JVA werden Krimis gern gelesen.

Mein Name ist Vanessa von Wolfrathshausen. Das Landgericht Berlin stellte zum Mord an meiner Schwester Amanda El-Halabi meine „besondere Schwere der Schuld" fest und schickte mich dafür lebenslang ins Gefängnis. Über den Fall wurde breit in den Medien berichtet, die Bild-Zeitung gab mir den Titel: die Schlächterin von Prenzlberg.

In einem Nachwort schrieben Sie, dass Ihren Krimis immer ein wahrer Fall zugrunde liegt. Die wahren Hintergründe des Todes meiner Schwester würden Ihnen mit Sicherheit genug Stoff für Ihren nächsten Bestseller bieten. Leider mangelt es mir an Talent, sonst würde ich das Buch selbst schreiben.

Wenn ich Ihr Interesse geweckt habe, freue ich mich auf Ihren Besuch in der JVA. Bitte geben Sie mir kurz schriftlich Bescheid, ob ich einen Besuchstermin für Sie vereinbaren kann. Eine Telefonnummer von Ihnen zur Terminabsprache wäre hilfreich. Ich bin gespannt, ob ich von Ihnen höre.

Beste Grüße
Vanessa v. Wolfrathshausen
Justizvollzugsanstalt für Frauen Berlin
Arkonastraße 56
13189 Berlin

Es gibt keine Zufälle im Leben, habe ich mir gesagt. Denn der Brief kam zur rechten Zeit. Genauer gesagt zu einem Zeitpunkt, an dem ich so verzweifelt einen guten Plot gesucht hatte, dass ich nachts schon nicht mehr schlafen konnte. Mein Verlag verlangte das Einhalten unseres vertraglich vereinbarten Abgabetermins für das neue Romanexposé, aber spannende und vor allem funktionierende Plots fallen mir leider nicht nach Kalender ein. Ich hatte die internationalen Zeitungen nach außergewöhnlichen

Kriminalfällen durchforstet, aber es war nichts dabei gewesen, was mein Herz hatte höherschlagen lassen.

Ich wusste stets auf Anhieb, wenn ich „meinen" Fall gefunden hatte. Dann fing mein Gehirn sofort an, daraus eine eigene, fiktive Story zu stricken. Dabei verzichtete ich aus Prinzip auf jene spektakulären Morde, die auch in Deutschland in den Medien breitgetreten wurden. Aus diesem Grund hatte ich den Schwestermord damals links liegen gelassen. Jeder in Deutschland hatte schließlich schon von der Schlächterin von Prenzlberg gehört, die Fakten waren hinlänglich bekannt. Das Bild von Vanessa von Wolfrathshausen hatte einige Jahre zuvor die Titelseiten der Boulevardpresse geziert.

Nervös warf ich einen Blick auf die Uhr. Ich war viel zu früh dran. Was mit Sicherheit daran lag, dass ich neugierig war auf diese schöne Frau mit den eisblauen Augen und auf die Geschichte, mit der sie mich hierhergelockt hatte.

„Frau Mansfield?" Eine ebenfalls blau gewandete Frau stand im Eingang zu diesem menschlichen Terrarium, in dem ich wartete.

„Jawoll", sagte ich mich ihrem Ton anpassend und stand auf.

„Bitte folgen Sie mir!" Ein dickes Schlüsselbund hing an ihrem Gürtel und klapperte beim Gehen. Ich hatte Mühe, ihrem Sturmschritt zu folgen, meine Sneakers quietschten auf dem blank polierten Linoleumboden. Alle paar Meter machte die Frau eine Vollbremsung vor einer geschlossenen Tür. Dann kam einer der Schlüssel an dem dicken Bund zum Einsatz, und ein weiterer Flur öffnete sich.

Bei unserem kleinen Rundgang lernte ich meine erste Knastlektion: „Hier gibt es keine Wärter, Wärter sind im Zoo. Im Gefängnis arbeiten Vollzugsbeamte, man könnte auch Aufseher sagen." Ich bedankte mich artig für die Unterweisung, und dann waren wir auch endlich da.

Ich wurde in einen hellen, erstaunlich freundlichen Raum geführt, in dem mehrere quadratisch angeordnete Sitzgruppen standen. Es sah aus wie in der Kantine vom Finanzamt. Nur die vergitterten Fenster erinnerten daran, in was für einem Gebäude man sich befand. Ich durfte an einem Tisch mit vier Stühlen Platz nehmen. Während ich mich noch über die Getränke- und Süßwarenautomaten in der Ecke wunderte, wurde die Gefangene hereingeführt.

Wie beim Einzug des Gerichts stand ich unwillkürlich auf. Ich hatte mir so viele Gedanken darüber gemacht, ob ich überhaupt Kontakt mit dieser Frau aufnehmen sollte, dass ich jetzt erstaunt war, wie normal sie daherkam. Ich weiß nicht, was ich erwartet hatte, vielleicht irgendwas, das dem gängigen Knastklischee aus amerikanischen Filmen entspricht; aber Vanessa von Wolfrathshausen war weder an Händen und Füßen gefesselt, noch trug sie eine orangefarbene Knastuniform.

Die zu lebenslanger Haft verurteilte Mörderin sah aus, als käme sie gerade aus dem Fitness-Center: Sie trug einen hellrosafarbenen Jogginganzug und darunter ein graues T-Shirt.

Vanessa von Wolfrathshausen streckte mir freundlich die Hand entgegen. „Wie schön, dass Sie gekommen sind", sagte sie lächelnd, geradezu herzlich. War das der Eis-Engel, von dem die Medien berichtet hatten?

Wir setzten uns einander gegenüber, die Aufseherin blieb in der Nähe.

Ich schaute mir Vanessa von Wolfrathshausen genauer an. Sie sah nicht mehr ganz so jung aus wie auf den Zeitungsfotos, die ich natürlich in den letzten Tagen im Internet gesucht hatte. Unter ihren strahlend blauen Augen hatten sich Fältchen eingenistet, und auch um den Mund meinte ich einen bitteren Zug zu erkennen. Ihre blonden Haare waren nicht mehr so modisch geschnitten wie während des Prozesses, sie hatte sie einfach zu einem Pferdeschwanz hochgebunden, der ihr trotz der verräterischen Fältchen fast das unbekümmerte Aussehen eines Teenagers verlieh.

„Wie kommen Sie darauf, dass ich Interesse an Ihrer Geschichte hätte?“, hatte ich sie schon am Telefon gefragt, als sie mich wegen der Verabredung eines Besuchstermins anrief.

„Weil ich mich in Ihren Büchern wiedererkannt habe“, hatte sie gesagt. Die Frau schien recht gut zu wissen, wie man Menschen manipuliert.

Ich war also auf der Hut. Zudem war Vanessa von Wolfrathshausen mir gegenüber im Vorteil: Sie kannte sich hier aus, wir befanden uns auf ihrem Terrain. Die Knastatmosphäre hatte mich mehr irritiert, als ich in diesem Moment bereit gewesen wäre zuzugeben. Natürlich hatte ich tausend Fragen, aber ich hielt erst mal den Mund.

Vanessas eisblauer Blick war sehr intensiv, es kam mir vor, als ob sie mich damit durchleuchtete. „Sie schreiben also mein Buch“, sagte sie schließlich. Es war keine Frage, sondern eine Feststellung.

„Nein. Ich schreibe nur meine Bücher. Wenn Sie einen Ghostwriter suchen, müssen Sie sich an jemand anderen wenden."

„Ich will Sie, sonst hätte ich Sie nicht kontaktiert. Ich will eine bekannte, renommierte Krimiautorin und keinen Lohnschreiberling."

Vanessa von Wolfrathshausen hatte genau den Ton drauf, der ihr im Gericht wohl zum Nachteil gereicht hatte. Sie sprach wie eine Frau, die gern Befehle erteilt. Und das war so ziemlich das Letzte, worauf ich Bock hatte.

„Was genau haben Sie sich vorgestellt?", fragte ich. „Sie bekommen von mir per Post meine Erinnerungen, die ich Stück für Stück aufschreiben werde beziehungsweise schon aufgeschrieben habe. Daraus machen Sie einen autobiografischen Roman. Wir treffen uns einmal wöchentlich, damit ich Ihre Fragen beantworten kann. Sie schicken mir das, was Sie geschrieben haben, per Post in den Knast, ich sende es Ihnen korrigiert zurück. Sie wissen, dass ich Ihnen hier nichts geben und nichts von Ihnen nehmen darf, wir können Papiere also nur per Post austauschen. Alles was rein- oder rausgeht, wird hier gelesen."

„Wie ich bereits sagte, ich bin kein Lohnschreiber. Im Übrigen ist Ihre Geschichte so bekannt, dass ich kaum eine Chance sehe, für einen solchen Roman Leser zu finden."

„Bullshit. Das, was bekannt ist, ist nicht das, was ich Ihnen erzählen will. Ich rede hier von Tatsachen, von der Wahrheit, von Hintergründen, von den Gedanken und Gefühlen einer verurteilten Mörderin."

„Es mag ja sein, dass nicht alles beim Prozess beleuchtet

wurde, aber noch mal: Ich bin kein Ghostwriter. Ich schreibe Fiction, meine Romane sind pure Erfindung, ich bin nur auf dem Papier eine Serienmörderin."

„Denen aber immer ein wirklicher Kriminalfall zugrunde liegt. Haben Sie jedenfalls gesagt."

„Das stimmt. Aber die tatsächlichen Kriminalfälle haben nur im Ansatz etwas mit meinen Romanen zu tun, sie sind sozusagen die Grundidee. Keine Fantasie kann so grausam sein wie das wahre Leben."

„Ihre Leser können nicht zwischen Fantasie und wirklichem Leben unterscheiden. Ich liefere Ihnen das wirkliche Leben. Es ist Ihre Kunst, Ihre Leser glauben zu lassen, dass es sich um Fantasie handelt. Sie brauchen im Roman meinen richtigen Namen nicht zu nennen, Sie können Namen und Orte vertauschen. Alles, was ich möchte, ist, dass Sie mich im Nachwort nennen und zugeben, dass es sich bei diesem Roman um einen echten Kriminalfall handelt und meine Erinnerungen die Grundlage zu Ihrem Roman bilden. Ich will nicht als Mitautorin genannt werden, und ich möchte noch nicht einmal einen Anteil von Ihrem Honorar."

Meine Gedanken überschlugen sich. Vanessa von Wolfrathshausen hatte es tatsächlich nicht nötig, an meinen bescheidenen Buchhonoraren teilzuhaben, die Frau stammte aus einer schwerreichen Familie. Trotzdem: Wenn ein Angebot sich anhört, als ob es zu gut ist, um wahr zu sein, dann ist es nicht wahr. Als Krimiautorin wird man zynisch.

„Was hätten Sie dann davon?", fragte ich.

Ihre schmalen Lippen verzogen sich kaum merklich zu

einem Lächeln. Sie zog eine Augenbraue hoch und sagte ein wenig von oben herab: „Gesellschaft, vielleicht?"

„Bekommen Sie sonst keinen Besuch?", fragte ich.

„Nein." Das klang bitter.

„Warum schreiben Sie nicht einen Verlag an und verkaufen denen Ihre Autobiografie? Dann bekommen Sie auch Besuch."

„Wie Sie ganz richtig sagten, der Fall an sich ist hinlänglich bekannt. Ich will keine Autobiografie, die aus den Gerichtsakten und Polizeiprotokollen zitiert. Ich will, dass Sie meine geheimsten Gefühle und Gedanken kennenlernen, ich will, dass Sie einen Roman schreiben, in dem die Romanfigur so lebt, denkt und handelt wie ich, und dass Ihre Leser mitfühlen und mitfiebern."

„Sie wollen also endlich verstanden werden?" Langsam glaubte ich zu begreifen.

„Ich will, dass man mich nicht wie ein Ungeheuer ansieht, sondern wie einen Menschen aus Fleisch und Blut. Sie sind die Beste, wenn es darum geht, sogar Serienmördern ein menschliches Antlitz zu verleihen. Darum habe ich Sie ausgewählt."

Ich lehnte mich zurück, um nachzudenken. Wieder fixierten mich ihre eisblauen Augen. Würde ich Zugang zu ihrer Seele finden, die sich hinter ihrem arroganten Auftreten verbarg?

Ich schüttelte den Kopf. „Dabei gibt es allerdings ein Problem. Sobald ich mit der Geschichte beginne, werden alle Leser denken: Och nö, olle Kamelle, die Geschichte kenne ich doch. Sie wissen ja, dass Krimis von überraschenden

Wendungen leben. Leider kennt man den Ausgang Ihrer Geschichte."

Sie lachte höhnisch. „Also um fehlende überraschende Wendungen brauchen Sie sich keine Sorgen zu machen, davon hätte ich einige zu bieten."

„Das wird nicht funktionieren", sagte ich. Wie sollte ich einem Menschen, der noch niemals ein Buch geschrieben hatte, erklären, wie ich arbeitete, welche Vorgaben ich zu beachten hatte, was wann und wo und wie geliefert werden musste?

„Ich kann erst anfangen, aus Ihrer Geschichte einen Roman zu machen, wenn ich die ganze Handlung kenne. Ich brauche Ihre Geschichte nicht chronologisch, sondern muss auch alle Wendungen wissen, bevor ich anfange. Jeder Roman braucht eine Struktur, man kann nicht einfach drauflos schreiben und hoffen, dass es schon irgendwie wird. Ich habe Abgabetermine, die ich einhalten muss. Da ich davon lebe, kann ich nicht einfach mal ein paar Monate nichts tun. Und ich muss dem Verlag bald ein Exposé über den Inhalt meines neuen Romans zukommen lassen."

„Ich habe vorgesorgt und bereits eine ganze Menge aufs Papier gebracht", sagte sie. „Das schicke ich Ihnen per Post zu. Damit dürfte ein Exposé kein Problem sein. Fangen Sie den Roman doch einfach damit an, dass eine junge, reiche Frau den ganzen Tag Parfümtüten in Zeitschriften klebt. Das mache ich nämlich im Moment hier. Ich bin dabei sozusagen die Obertütenkleberin, alles klebt auf mein Kommando. Thierry Mugler. Mögen Sie Thierry Mugler?"

„Wie passend." Ich musste grinsen. Die Teufelin klebte

im Knast Tüten mit dem Parfüm „Angel“ in Frauenzeitschriften. Würde ich ein TV-Feature machen, wäre das sicher mein Aufmacherbild. Und in diesem Moment merkte ich: Vanessa von Wolfrathshausen hatte mich.

Erinnerungen auffrischen

Natürlich habe ich mich zu Hause sofort wieder ins Internet gestürzt. Obwohl der Fall der verschwundenen Amanda El-Halabi viel Staub aufgewirbelt hatte, war ihr Verschwinden doch schon eine Weile her, so dass ich mein Gedächtnis dringend auffrischen musste. Amanda war zuletzt am 18. März 2016 gesehen worden, als sie die Nacht bei ihrer Schwester Vanessa und ihrem Schwager Leander verbracht hatte. Merkwürdigerweise fand ich die erste Meldung in der *Berliner Zeitung* erst am 24. März, also sechs Tage später. Wieso hatte das so lange gedauert, fragte ich mich. Heißt es nicht, die ersten achtundvierzig Stunden seien die wichtigsten?

Berliner Zeitung, 24.03.2016
Wo ist Amanda?

Amanda El-Halabi wird seit dem 19. März vermisst. Das Fotomodel kam nicht zu einem verabredeten Fotoshooting in die Kulturbrauerei in Prenzlauer Berg. Jetzt veröffentlichte die Polizei ihr Foto mit der Frage: Wer hat Amanda El-Halabi gesehen?

Seit vergangenem Montag ist die 26-jährige Amanda El-Halabi aus Berlin-Zehlendorf spurlos verschwunden. Die Frau hatte die Nacht bei ihrer Schwester in der Wörther Straße in Prenzlauer Berg verbracht, weil sie am nächsten Morgen ein Fotoshooting in der nahe gelegenen Kulturbrauerei hatte. Um 7.00 Uhr hätte sie in dem Fotostudio in der Schönhauser Allee eintreffen müssen. Amanda El-Halabi hat das Haus ihrer Schwester verlassen, erschien jedoch nicht am Set. Auf Anrufe auf ihrem Handy reagierte sie nicht.

Die Frau ist etwa 1,83 Meter groß, schlank und hat langes, blondes Haar. Am Abend vor ihrem Verschwinden trug die Vermisste einen grauen Kaschmirponcho, eine weiße Bluse und hellblaue Jeans mit zerrissenen Knien. Außerdem hatte sie eine auffällige rosafarbene Handtasche der Marke Prada und einen Rucksack von Louis Vuitton bei sich und trug weiße Sportschuhe der Marke Nike.

Die Polizei fragt nun: Wer hat Amanda El-Halabi am Morgen des 19. März 2016 im Bereich zwischen Kollwitzplatz und Schönhauser Allee gesehen? Wer hat sie nach dem 19. März 2016 noch gesehen oder Kontakt zu ihr gehabt?

Hinweise nimmt jede Polizeidienststelle entgegen.

Zu der Meldung hatte die Zeitung ein Porträtfoto abgedruckt. Die Ähnlichkeit mit Vanessa war auffallend. Aber während Vanessas Gesicht Kälte ausstrahlte, schien Amanda von innen zu leuchten. Vielleicht war es auch die Kunst des Fotografen, der dieses charismatische Strahlen in das Foto gezaubert hatte. Amanda El-Halabi war auf jeden Fall eine auffällige Erscheinung, an die man sich mit Sicherheit erinnern würde. Sie strahlte so viel Lebensfreude aus, dass es fast wehtat, das Foto zu betrachten. Ich gab Amandas Namen in die Bilder-Suchmaske von Google ein. Es waren Tausende Fotos, die ich dort fand. Das Recht am eigenen Bild scheint mit dem Verschwinden eines Menschen zu erlöschen.

Man würde ja meinen, dass man sich an das Gesicht eines Menschen erinnern müsste, wenn man jahrelang mit Fotos von ihm bombardiert wurde. Allerdings waren in den Medien immer die gleichen Fotos in den Meldungen zu Amandas Fall aufgetaucht. Hier im Internet sah ich nun die tausend verschiedenen Gesichter der Frau. Wie so viele Models hatte Amanda offenbar ein Gesicht, das wie eine Leinwand wirkte. Professionelle Visagisten konnten alles in so ein Gesicht hineinschminken. Sie konnte aussehen wie ein braves Schulmädchen, auf dem nächsten Bild gab sie die glamouröse Diva und auf dem übernächsten die verruchte Schlampe. Aber eins war unbestreitbar: Amanda El-Halabi war eine bildschöne Frau.

Noch mehr verwunderte mich, dass es erneut knapp fünf Tage gedauert hatte, bis das LKA in einer Pressemitteilung bekanntgab, dass eine Berliner Mordkommission die Ermittlungen übernommen hatte.

29.03.2016

Pressemitteilung des LKA Berlin

BERLIN - Nach wie vor gibt es noch keine Hinweise zu der vermissten 26-jährigen Amanda El-Halabi. Inzwischen schließt die Polizei nicht mehr aus, dass die Frau aus Zehlendorf einer Straftat zum Opfer gefallen ist. Die Mordkommission des Landeskriminalamts bittet dringend um Mithilfe!

Wie die Polizei mitteilte, hielt sich Amanda El-Halabi zuletzt am 18. März 2016 bei Familienangehörigen am Kollwitzplatz in Prenzlauer Berg auf, wo sie laut ihrem Ehemann Tanos El-Halabi die Nacht verbringen wollte. Das Fotomodel hätte am nächsten Morgen einen Fototermin in der Kulturbrauerei in der Schönhauser Allee 36 gehabt. Dort kam die 26-Jährige jedoch nicht an. Bis heute gibt es keine Spur zur Vermissten. Nun schließen die Ermittler nicht mehr aus, dass Amanda El-Halabi einem Verbrechen zum Opfer gefallen sein könnte.

Die Fragen der Mordkommission:
1. Wer hat Amanda El-Halabi am Morgen des 19. März 2016 zwischen Wörtherstraße, Kollwitzplatz und Schönhauser Allee in Prenzlauer Berg gesehen?
2. Wer hat sie nach dem 19. März 2016 noch gesehen oder Kontakt zu ihr gehabt?

Amanda wird von Ermittlern so beschrieben:
26 Jahre, 183 cm groß, schlanke Gestalt sowie blondes, langes Haar, auffällige blaue Augen

Amanda war laut Polizei wie folgt zuletzt bekleidet:
- graues Kaschmircape
- weiße, langärmlige Bluse
- blaue Jeans mit zerrissenen Knien
- weiße Sportschuhe der Marke Nike
- auffällige rosafarbene Handtasche der Marke Prada
- Rucksack der Marke Louis Vuitton

Hinweise nimmt die Mordkommission beim Landeskriminalamt, Keithstraße 30 in 10787 Berlin unter der Berliner Rufnummer (030) 4664-9112345 sowie jede andere Polizeidienststelle an. Per E-Mail bitte Nachrichten an: lka1110-hinweise@polizei.berlin.de

Ich entsann mich, dass damals sehr schnell Spekulationen die Runde gemacht hatten. Auch ich hatte mich damals einiges gefragt. Zum Beispiel, wie das mit ihrem Handy gewesen ist. Die Frau wird ohne ihr Smartphone nicht die Wohnung verlassen haben. Das hätte man doch sicher orten können.

Allerdings war zwei Tage später folgende Nachricht in der *Berliner Morgenpost* erschienen:

31.03.2016
Wurde Amanda entführt?

Im Fall des vermissten Models Amanda El-Halabi hat die Polizei jetzt Zugang zu ihren WhatsApp-Nachrichten, von deren Auswertung sie sich einige Hinweise verspricht. Laut Polizei hat Amanda El-Halabi das letzte Mal eine WhatsApp-Nachricht um 6.32 Uhr am Morgen des 19. März an ihren Fotografen abgesetzt: „Bin gleich bei dir." Das Handy war um diese Uhrzeit in der Wörther Straße eingeloggt.

Weder ihre Schwester Vanessa noch ihr Schwager Leander haben sie zu dieser Zeit gesehen, da beide nach eigenen Angaben noch schliefen, als Amanda das Haus verlassen hat. Danach wurde Amandas Telefon ausgestellt, ihr iPhone bleibt ebenso wie Amanda spurlos verschwunden.

Was mich als Erstes interessieren würde, wäre die Darstellung dieses Morgens aus Vanessas Sicht. Ich wurde immer neugieriger auf ihre angeblich wahre Geschichte. Also surfte ich noch ein wenig in diesen ersten Meldungen.

In den folgenden Tagen hatten sich nicht nur Vanessa und ihr Mann Leander, sondern vor allem auch Amandas Ehemann Tanos über die Medien an die Öffentlichkeit gewandt, mit immer den gleichen Fragen: Wo ist Amanda? Wer hat Amanda gesehen?

Wenn man das hintereinander las, konnte man gar nicht anders als argwöhnisch werden. Denn angeblich war die Familie ein Herz und eine Seele und die Ehe von Tanos und Amanda überaus glücklich. Schon damals spürte ich zwischen den Zeilen, dass die Journalisten das wohl ebenso wenig glaubten wie die Polizei. Es hörte sich alles zu schön an, um wahr zu sein.

Da war zum einen der reiche, gutaussehende Ehemann

Tanos, den alle nur Toni nannten, der einen florierenden Gastronomieservice betrieb. Und dessen geliebte, bildschöne Ehefrau, die mit ihrer Modelkarriere nicht unerheblich zum Familieneinkommen beitrug, war spurlos verschwunden. Da waren zum anderen ihre ebenfalls schöne ältere Schwester Vanessa und ihr verboten gut aussehender Ehemann Leander, die einen „wundervoll chilligen Abend“ mit Amanda verbracht hatten. Es gab sogar ein Foto von den dreien, wie sie gemeinsam an einer langen Tafel in der luxuriösen Dachwohnung in der Wörther Straße saßen, Champagner tranken und Austern aßen. Amanda hatte das Foto am Abend auf Facebook und Instagram gepostet. Was für eine schöne Welt, viel zu schön, um wahr zu sein. Aber vielleicht war es auch einfach der Neid der Besitzlosen, wenn ich von Anfang an skeptisch gewesen war.

Ich gehörte nicht zu den begnadeten Frauen, die mit einem hübschen Busen, mit ebenso langen Haaren wie Beinen ausgestattet waren und denen der Reichtum in die Wiege gelegt wurde. Ich hatte Mäusehaare, trug seit frühster Kindheit eine Brille, und dass mich alle Jane nannten, konnte man nur unter Spott verbuchen, denn mit der Hollywood-Sexbombe Jane Mansfield hatte ich leider nur den Nachnamen gemein.

Dass sogar meine Eltern bei der Namensfindung an die Hollywood-Diva gedacht hatten, zeugte von den übergroßen Erwartungen, die sie an mich gestellt hatten. Solange sie lebten, habe ich mich bemüht, ihre Erwartungen zu erfüllen, wenn schon nicht als Sexbombe, so doch als fleißiges, liebes Mädchen, das einen sicheren Job in der Berliner Verwaltung hatte. Krimis habe ich erst angefangen zu schreiben, nachdem meine Eltern auf der A 10, östlicher Berliner Ring, ihr Leben an einer Leitplanke verloren. Wie schade, dass sie nie erfahren haben, dass ich ihre großen Erwartungen an mich schlussendlich doch noch erfüllen konnte.

Irgendwann hatte ich beschlossen, dass nur, wer über sich selbst lacht, zuletzt lacht. Seitdem sagte ich zu Menschen, die ich näher kennenlernen wollte: „Sag einfach Jane zu mir", und lachte meine mickrigen Möpse einfach weg. Auf diese Art und Weise hatte ich tatsächlich einen interessanten Mann eingefangen, der sich allerdings vor zwei Jahren schnell und heftig in seine neue Kollegin verliebte und mich inklusive unserer Perserkatze Semiramis hatte sitzen lassen. Ich war also absolut prädestiniert für neidvolle Gedanken angesichts dieser Glamourfamilie.

Während ich noch in der Geschichte der Amanda El-Halabi herumsurfte, bekam ich einen Facetime-Anruf von meiner Tochter Sarah, die seit einem Jahr in Australien lebte, wo sie während eines Auslandssemesters Veterinärmedizin an der University of Sydney ihre große Liebe getroffen hatte. Wie gut, dass wir heute die Möglichkeit haben, unsere Lieben in der Ferne wenigstens sehen zu können, auch wenn man sich nur virtuell umarmen kann.

„Hi, Mom, wie war es denn im Knast?", fragte meine Tochter fröhlich.

Du liebe Güte, dachte ich, *wenn irgendjemand unsere Gespräche mithört, der muss denken, wir seien Schwerkriminelle.*

Ich diskutierte jeden einzelnen Mord in meinen Büchern mit meiner Tochter, die nicht selten hilfreiche Tipps hatte, vor allem wenn es um medizinische Fragen ging. Natürlich hatte ich ihr von Vanessas Brief und meinem Termin in der JVA erzählt.

„Schon irgendwie bedrückend, vor allem bis man endlich drin ist. Ich stelle mir das schrecklich vor, wenn man als Angehöriger seine Mutter oder seine Tante im Knast besuchen muss, ich habe das als total entwürdigend empfunden. Die nehmen dir alles ab am Eingang, tasten dich ab, ich habe mich irgendwie beschädigt gefühlt."

„Das kann ich mir gut vorstellen, ich würde mich zu Tode schämen, wenn ich dich in so was besuchen müsste", sagte meine einfühlsame Tochter. „Und wie hat dir die Schlächterin von Prenzlberg gefallen?"

In dem Moment sprang Semiramis laut schnurrend auf den Schreibtisch.

„Hallo, Semi", begrüßte meine Tochter die Katze, die sie über alles liebte.

Leider sah ich meine Tochter jetzt nicht mehr, weil Semiramis den Bildschirm mit ihrem wuscheligen Körper und dem erhobenen, langhaarigen Schwanz komplett verdeckte. „Komm, Dicke, runter mit dir", sagte ich.

Semiramis machte sich ganz steif. Wenn diese Katze ihren Platz nicht verlassen wollte, dann konnte man wenig dagegen tun.

So unterhielten wir uns an der Katze vorbei.

„Du musst lauter sprechen, ich höre nur noch Semi schnurren", sagte meine Tochter lachend.

„Wo waren wir eben?“

„Die Schlächterin von Prenzlberg. Wie hat sie dir gefallen?“

Das war eine gute Frage. „Ehrlich, ich weiß es nicht. Sie ist sehr dominant, bestimmend, sie geht davon aus, dass man das zu tun hat, was sie sagt. Und manipulativ. Aber so richtig unsympathisch finde ich sie nicht. Ich kann noch nicht sagen, was es ist, aber irgendwie hat sie auch etwas Einnehmendes an sich. Charme ist es nicht, nein, die Frau hat nicht einen Funken Charme, dazu kommt sie viel zu kalt rüber. Charisma vielleicht, das könnte es sein, Charisma.“

„Hört sich spannend an. Wirst du das machen mit dem Buch?“, fragte Sarah.

„Kommt drauf an.“

„Worauf?“

„Ob sie mir etwas liefert, das über das hinausgeht, was jeder Idiot bei Google finden kann und woran sich jeder erinnert.“

„Ich erinnere mich gut an das Verschwinden von Amanda, das war in allen Medien, bevor ich nach Sydney gegangen bin“, sagte meine Tochter.

„Erinnerst du dich noch daran, was du damals gedacht hast?“ Sarah sagte oft spontan etwas, worauf ich erst nach längerem Nachdenken kam. Und sie hatte einen eindeutig jüngeren Blick auf das Weltgeschehen als ich. Und mithin einen anderen.

„Ich habe bei dem Nachnamen von Amanda sofort an einen Ehrenmord gedacht.“

„Du hast ja gar keine Vorurteile“, sagte ich lachend.

„Hast du das damals nicht gedacht?“

Ich versuchte mich zu erinnern. Ich weiß, dass ich

dachte, dass die Fassade nicht stimmt. Aber Ehrenmord? „Ich glaube nicht, dazu war die Familie zu deutsch.“

„Amandas Mann ist zwar in Deutschland geboren, aber stammt er aus einer muslimischen Familie. Ich habe sofort an Parallelwelten gedacht.“

Ich schüttelte den Kopf. Meine siebenundzwanzig Jahre alte Tochter war mit vielen Migrantenkindern in die Schule gegangen, ihre besten Freunde hatten türkische Wurzeln, sie hatte mit Menschen aus aller Welt studiert und ist heute selbst eine Migrantin in einem fernen Land. Und trotzdem dachte sie in Klischees, von denen ich hoffte, dass ich sie niemals in diesem Sinne erzogen hatte.

„Wie geht es denn bei euch, ist es immer noch so heiß?“

Wir plauderten noch eine Weile über das Wetter, über ihre Ideen für das Wochenende und über ihren bevorstehenden Urlaub, den sie mit ihrem Schatz in Neuseeland verbringen wollte. Ich freute mich von Herzen für meine Tochter, die glücklich zu sein schien.

Nachdem wir uns verabschiedet hatten, gab ich noch mal den Namen Tanos El-Halabi in die Google-Suchmaske ein.

Die Familie El-Halabi war 1984 aus dem Libanon nach Deutschland gekommen. Während des Bürgerkriegs zwischen 1975 und 1990 waren mehr als fünfzehntausend Flüchtlinge aus dem Libanon bei uns eingereist, deren Staatsangehörigkeit teilweise nicht geklärt werden konnte. Die meisten von ihnen, wie die Eltern von Tanos El-Halabi, reisten von Beirut aus mit dem Flugzeug in die ehemalige DDR nach Berlin-Schönefeld ein und fuhren dann einfach mit der S-Bahn zum Grenzübergang Friedrichstraße, wo sie um politisches Asyl baten.

Tanos El-Halabi war in Deutschland geboren worden und erhielt deshalb die deutsche Staatsangehörigkeit. Er hatte in Berlin studiert und bald nach seinem Studium einen Gastronomieservice aufgebaut. Er begann mit Austern und Schnecken, die er mit einem klapprigen Mercedes-Transporter morgens vom Flughafen abholte und sofort an die Berliner Gastronomen ausfuhr. Nach ein paar Jahren hatte Tanos ein respektables Unternehmen aufgebaut. Von verderblichen Waren wie Mittelmeerfischen oder Büffel-Mozzarella, die er in Kühllastern zu seinen Kunden bringen ließ, hatte er sich hochgearbeitet zu Gastronomieeinrichtungen und Technikerservice. Und das nicht nur in Berlin, sondern deutschlandweit. Der Junge schien ein Händchen fürs Geschäft zu haben, seine Website sprach von dreihundertvierzig Mitarbeitern, vierzig Lkws an drei Standorten: Berlin, Bremen und Essen.

Berlin, Bremen und Essen? Irgendetwas in meinem Kopf machte *Bling*! Ein Geräusch, als hätte ich eine SMS bekommen. Waren das nicht die Heimathäfen des berüchtigten Mhallami-Clans?

Ich gab den Namen El-Halabi ohne den Vornamen Tanos ein. Es gab unendlich viele El-Halabis, woher die Familie ursprünglich stammte, erschloss sich mir nicht.

Über die Herkunft der angeheirateten Familie von Amanda war damals nicht in den Medien berichtet worden. Es galt als politisch unkorrekt, überhaupt die Herkunft eines Verdächtigen oder eines Zeugen zu erwähnen.

Die Polizei gab grundsätzlich keine Staatsangehörigkeiten heraus. Das hatte sich erst in der letzten Zeit geändert, seitdem die Regierungen einiger Bundesländer endlich verstanden hatten, dass sich durch ihre verfehlte Asylpolitik kriminelle Clans in Deutschland ausbreiten konnten. Gegenwärtig hatte man den Clans den Kampf angesagt und ihre Namen öffentlich gemacht.

Ich las, dass alle Familien, die mit kriminellen Machenschaften in Verbindung gebracht werden konnten, dem Volksstamm der Mhallami angehörten. Sie wurden bei uns als libanesische Kurden bezeichnet. Ihre Namen seien reine Erfindung, da arabische Namen keine Nachnamen im europäischen Sinn beinhalten.

Die Gleichheit oder Ähnlichkeit eines Nachnamens bedeutete also nicht zwangsläufig, dass die Familien untereinander verwandt waren, auch wenn man sich an den Nachnamen von bereits vorher ausgewanderten Familienmitgliedern orientierte.

Sehr verwirrend das alles. Waren die El-Halabis nun Mitglieder irgendeines kriminellen Clans oder mit einem dieser Clans verwandt?

Semiramis sprang auf meinen Schreibtisch und legte sich mit dem Köpfchen auf meine Hand. Ein sicheres Zeichen, dass das Tier Hunger hatte und mich daran erinnern wollte, dass sie auch noch da war. Ich schaltete meinen Computer aus. Mir tanzten langsam die Buchstaben vor den Augen, und mein Magen meldete ebenfalls Zuwendungsbedarf an. „Komm, Dicke, wir gehen mal in die Küche!“ Das musste ich der Katze nicht zweimal sagen.

Am Kollwitzplatz

Bei uns kommt die Post nie vormittags. Nach einer schlaflosen Nacht hatte ich versucht, den Entwurf eines Exposés für meinen Verlag zu schreiben, wohl wissend, dass es dafür eindeutig zu früh war. Was ich brauchte, war ein erster Eindruck von dem, was mir Vanessa überhaupt liefern konnte. Also spitzte ich die Ohren, ob der Briefkasten klapperte, und pilgerte alle zehn Minuten zum Wohnzimmerfenster, von dem aus man den Weg zum Haus gut im Blick hatte. Was ich nicht im Blick hatte, war der Postbote.

Um halb drei war er immer noch nicht da, und ich war völlig entnervt. Vanessa hatte mir versprochen, dass sie bereits einen dicken Brief an mich in die Post gegeben hatte. *Reg dich ab, Jane*, sagte ich mir, *wahrscheinlich wird jede einzelne Zeile, die die JVA verlässt, sorgfältig gelesen, so dass ich heute überhaupt nicht mit Post rechnen muss.* Ich entschloss mich, einen Bummel über den Kudamm zu machen und mir irgendwo etwas hinreißend Überflüssiges zu kaufen, das beruhigte meine Nerven im Allgemeinen immer.

Auf dem Weg nach unten hatte ich eine bessere Idee. Überflüssiges gab es nicht nur am Kudamm, sondern auch in Prenzlauer Berg. Ich würde mir einfach die Locations anschauen, die Strecke ablaufen, die Amanda wahrscheinlich genommen hatte oder hatte nehmen wollen.

Ich fuhr mit dem gläsernen Fahrstuhl, der vor sechs Jahren auf der Hofseite des Jugendstilhauses eingebaut worden war, die vier Stockwerke hinunter und lief über den Kudamm hinüber zum Parkhaus Kempinski Plaza, in dem ich für einen Wucherpreis einen Parkplatz für meinen jaguargrünen Mini gemietet hatte. Mein Wagen und ich waren einander sehr ähnlich. Wir waren beide mittelalt und sahen ein wenig zerknautscht aus, es war zwischen uns also eine Liebesgeschichte auf den ersten Blick gewesen.

Kaum hatte ich das Parkhaus verlassen, setzte leichter Nieselregen ein: April, April, er weiß nicht, was er will. Na prima. Für einen Nachmittag war erstaunlich viel Verkehr, siedend heiß fiel mir ein, dass es Freitag war, und da machte bekanntlich ab eins jeder seins. Jane war mal wieder bestens vorbereitet.

Ich schlich mich also Richtung Prenzlauer Berg und beschloss, mir in der Schönhauser zur Belohnung bei Konnopke eine Currywurst zu gönnen. Viele glaubten, dass Konnopke die Berliner Currywurst erfunden hätte, was Hunderttausende Touristen jährlich zu der Traditionsbude unter dem U-Bahn-Viadukt trieb. Tatsache war, dass Herta Heuwer die erste Currywurst 1949 im guten alten West-Berliner Charlottenburg serviert hat und die Konnopkes 1960, also kurz vor Mauerbau, das Rezept kopiert haben. Aber die Familie hatte zumindest Sinn für Public Relations. Es sei ihnen gegönnt, die olle Heuwer weilte längst nicht mehr unter uns, und auch ihren Imbiss an der Kantstraße gab es nicht mehr. Allein bei dem Gedanken an Currywurst lief mir das Wasser im Mund zusammen, und mein Magen brüllte mich an: „Es ist drei Uhr, wo bleibt mein Mittagessen?“

Also beschloss ich, die Currywurst vorzuziehen, und fuhr als Erstes in die Schönhauser Allee. Da ich mein Auto sowieso abstellen musste, steuerte ich das Parkhaus in der Kulturbrauerei an, wo ich mir den letzten verfügbaren Parkplatz sicherte. Es hatte inzwischen aufgehört zu nieseln, die Sonne blinzelte zwischen den Wolken hervor, so dass ich meine Wurst am Stand von Konnopke draußen genießen konnte.

Danach überlegte ich, wie Amanda gegangen sein könnte. Ich sah mir die Straßenverläufe auf meinem iPhone an. Theoretisch hatte Amanda zwei Möglichkeiten gehabt, von der Wörther Straße in die Kulturbrauerei zu gelangen. Das unter Denkmalschutz stehende alte Industrieareal beherbergte verschiedenste Kultureinrichtungen, Kinos, Theater, Clubs und Restaurants und war die Heimat verschiedenster Medienunternehmen.

Ich ging also die paar Meter von Konnopke zurück zur Sredzkistraße, wo sich auch das Parkhaus befand. Die Ecke Sredzkistraße/Schönhauser Allee wurde dominiert von einem gelben Klinkerstein-Turm, auf dem ein graues Schieferdach wie eine Mütze thronte. Komischerweise hatten die Architekten damals für die äußere Fassade des Areals gelben Klinker gewählt, während die Gebäude rund um den großen Innenhof rote Klinkerfassaden aufwiesen.

Wahrscheinlich war dies eine Folge verschiedener Ausbaustufen, sagte ich mir, während ich Richtung Knaackstraße lief. Ich hatte keine Ahnung, in welchem Abschnitt der Wörther Straße das ehemalige Wohnhaus von Vanessa lag, sicher war nur, dass sie in unmittelbarer Nähe des Kollwitzplatzes beziehungsweise sogar mit Blick auf den Kollwitzplatz gewohnt hatte.

Allerdings hatte ich Fotos von ihrer Wohnung und ihrem Haus gesehen. Es handelte sich auf jeden Fall um ein modernes Haus, Vanessa hatte auf dem Dach sogar einen Swimmingpool, so dass es bestimmt nicht so viele Möglichkeiten gab. Also ließ ich es darauf ankommen.

Der Kollwitzplatz bildet ein fast gleichschenkliges Dreieck, zwei spitze Enden ragen an die Wörther Straße heran. Der Weg war wirklich nicht weit, es dauerte keine vier Minuten, dann war ich auch schon in der Wörther Straße.

Ich sah das Haus auf den ersten Blick. Es war wahrscheinlich in den neunziger Jahren gebaut worden, als der Prenzlberg plötzlich hip wurde und die alten Mieter durch luxussanierte Wohnungen, futuristische Neubauten und scharenweise Neuberliner aus dem Schwabenland vertrieben wurden.

Das Haus wirkte wie ein Fremdkörper zwischen den schönen, alten Gründerzeitbauten, die ansonsten den Platz umstanden, hatte sich aber zumindest farblich an die Klinkerbauten der Kulturbrauerei angepasst. Die Spitze des Eckhauses zum Kollwitzplatz war durch einen Rundbogen in rotem Klinker kaschiert, die fünfte und sechste Etage waren gelb gestrichen worden. Ich ging näher an das

Haus heran. Im Erdgeschoss gab es eine Einfahrt zur Tiefgarage. Der Eingang befand sich in der Wörther Straße zwischen einem Restaurant und einem Späti.

In dem Moment trat jemand aus der Haustür. Ich machte drei Schritte auf den Hauseingang zu, der junge Mann mit Mütze, der gerade herauskam, hielt mir lächelnd die Haustür auf. Ich bedankte mich ordentlich und betrat den Flur.

Das zartgelb gestrichene Treppenhaus war rechts und links vom Eingang mit schwarzen Spuren verunziert. Das Treppenhaus war wie ein Atrium gebaut. Nur die Hausseite hinter der sich frei nach oben schwingenden Treppe war vollständig verglast und gab den Blick auf einen kleinen Hof frei. Die Bewohner hatten die Geländer als sichere Anschlussstelle für ihre Fahrräder umfunktioniert. Fahrräder, so weit das Auge blickte. Entsprechend sah der Flur aus, überall an den Wänden sah man Reifenspuren. In der Ecke befand sich ein Fahrstuhl. Ich stieg ein und schaute auf die Bedientafel. Der Fahrstuhl führte sowohl in das Untergeschoss als auch in alle fünf Stockwerke. Das sechste Stockwerk, das ich von unten gezählt hatte, war wohl nur über das fünfte Obergeschoss zu erreichen, es schien sich um ein Penthouse zu handeln.

Also fuhr ich nach oben. Der Flur war hier sehr viel sauberer, was vor allem daran lag, dass es nur zwei Wohnungstüren gab, während es in den unteren Stockwerken jeweils sechs waren. Ich trat aus dem Fahrstuhl und blickte durch das riesige Fenster, das sich über eine Drittelseite des Hauses erstreckte. Von hier aus sah man, dass es auf der oberen Etage noch einen Aufbau gab, zu dem auch die Feuertreppe führte, die ich unten schon gesehen hatte. Ich hatte also richtig gelegen mit meiner Vermutung.

Mit dem Fahrstuhl ging es dann runter in die Tiefgarage. Es war ziemlich leicht, hier ungesehen aus dem Haus zu kommen, beziehungsweise jemanden oder etwas ungesehen herauszutransportieren. Die Tiefgarage war nicht sehr groß und eng, ich fragte mich, wie die SUVs, die diese Bewohner sicherlich fuhren, in die schmalen Parklücken passten.

Ich fuhr wieder in das Erdgeschoss und ging hinaus auf die Straße. Amanda war mit dem Taxi zu ihrer Schwester gefahren, schlau, wie ich angesichts der Parkplatzknappheit feststellen musste.

Auf dem Kollwitzplatz spielten lärmend Kinder, man sah viele Mütter mit Kinderwagen auf den runden Holzbänken in der Sonne sitzen. Mir fiel ein, dass wir die Gegend hier „Pregnancy Hill" nannten, weil die Latte-Macchiato-Mütter mit den Kinderwagen auf dem Prenzlberg die Herrschaft übernommen hatten. Rund um den Platz gab es Restaurants mit Zielgruppe vegan, auf dem Platz wurde jeden Donnerstag ein Ökomarkt abgehalten, während auf dem Samstagsmarkt die Feinschmecker nachhaltig auf ihre Kosten kamen.

Ich machte einen Schlenker und ging über die Husemannstraße zurück zum Parkhaus Sredzkistraße. Die ganze Szenerie kam mir genauso unecht vor wie die Familie von Vanessa. Ich fühlte mich wie in einem Film, hier war eine andere Welt, ein Berlin, das nicht meines war.

Ein Bekannter von mir hatte mal gesagt, dass er, wenn

schon nach Berlin, dann auf jeden Fall nach Prenzlberg ziehen würde, denn das sei schließlich das echte Berlin. Ich weiß noch, dass ich einen Lachkrampf bekommen hatte. Die Gegend war so echt Berlin, wie unser Schnee hier weiß war. Aber so ist es eben, die alten Berliner bleiben in ihrem Kiez, vorausgesetzt, sie werden nicht wegsaniert.

Amanda hätte einen sehr kurzen Weg gehabt, vorbei an einer Schule, wo um die frühe Morgenzeit höchstens Menschen zu finden waren, die ihren Fiffi Gassi führten. Ansonsten waren die Straßen hier morgens um sieben vermutlich menschenleer, es sei denn, der Markt auf dem Kollwitzplatz wurde aufgebaut. Aber es war ein Mittwoch gewesen, an dem Amanda verschwunden war.

Ich beschloss, ohne einen Frustkauf nach Hause zu fahren. Zumindest hatte ich jetzt eine Vorstellung von der Szenerie, in der Amanda verschwunden war.

Der erste Brief

Mehr, als mich in Geduld zu wappnen, blieb mir nicht übrig. Dafür hatte ich meine Lektorin beim Verlag angerufen und ihr von dem eventuellen Projekt erzählt. Sie bat mich, sie auf dem Laufenden zu halten und ihr vielleicht schon mal eine Leseprobe zu senden, damit sie die Chancen für das Projekt besser einschätzen könnte. „Aber ich bin sicher, dass Sie so ziemlich aus jeder Story einen Bestseller machen können", sagte sie. Die Gute stärkte mir immer den Rücken.

Auch am Samstag kam kein Brief von Vanessa, und ich verbrachte den Tag mit Internet-Recherchen. Vanessa und Amanda kamen aus einer Kleinstadt in Nordrhein-Westfalen an der Grenze zu Niedersachsen. Ich hatte noch nie von einer Stadt namens Versmold gehört. Sie gehört zum Kreis Gütersloh. Die Stadt ist angeblich berühmt für ihre Fleischproduktion, deren Tradition bis ins achtzehnte Jahrhundert zurückreicht. Natürlich hatte ich in der Berichterstattung über den Indizienprozess gegen Vanessa gelesen, dass ihre Familie seit Generationen das Fleischerhandwerk betrieb. Mehr habe ich darüber allerdings nicht in den Medien gefunden, auch den Mädchennamen von Vanessa und

Amanda habe ich nirgendwo gelesen. Verdammt, ich kam nicht weiter.

Am Montag traf endlich ein dickes Paket ein, das ich seltsamerweise mit zitternden Händen öffnete. Ich konnte meine Neugierde kaum noch im Zaum halten. Es waren vierzig einzeilig beschriebene Seiten. Vanessa hatte sie auf einer Schreibmaschine getippt, bei der das s ein wenig hochgestellt zu sein schien und das a ein bisschen nach vorn stolperte. Ich war erleichtert, denn handgeschriebene Seiten wären anstrengend zu lesen gewesen. Sofort ging ich mit dem Stapel zu meinem Lehnstuhl am Fenster und fing an zu lesen.

Knapp eineinhalb Stunden später fiel mir auf, dass ich nicht einen Schluck zu trinken in Reichweite hatte. Vanessas Geschichte hatte mich so gefesselt, dass ich vergessen hatte, mir ein Glas Wasser auf den Tisch zu stellen. Die einzelnen Seiten lagen umgekehrt auf einem Stapel auf dem Boden, so wie ich es mit meinen eigenen Manuskripten machte, wenn ich sie zum Schluss noch mal ganz durchlas. Ich streckte mich und stand entschlossen auf, um der Sahel-Zone in meinem Mund ein wenig Feuchtigkeit zu gönnen.

Auf dem Weg in die Küche arbeitete es in meinem Kopf. Ich kannte dieses Gefühl. Immer wenn ich eine Idee für einen Plot hatte, fing mein Kopf sofort an zu formulieren.

Nachdem ich einen Viertelliter Quellwasser runtergestürzt hatte, ging ich zu meinem Schreibtisch und öffnete ein neues Dokument. Ich nannte es: *Vanessa. Die wahre Geschichte.*

Schon beim Lesen hatte ich verstanden, warum Vanessa jemanden brauchte, der aus ihren Zeilen ein Buch machen würde. Deutsch war in der Schule vermutlich nicht gerade ihr Lieblingsfach gewesen, und sie hatte auch kein Gefühl dafür, wie man eine Geschichte so erzählen könnte, dass die Leser auf die Folter gespannt werden. Der Stoff, den sie mir geliefert hatte, war allerdings so interessant, dass ich es nicht abwarten konnte, mit der Story zu beginnen.

Vanessa. Die wahre Geschichte 1: Eine Kindheit in Versmold

Angel und die bösen Mädchen: Tütenkleben ist das wohl bekannteste Synonym für „im Knast sitzen". Wer glaubt, dass heute in den Gefängnissen niemand mehr Tüten klebt, irrt. Ich klebe freiwillig, von Montag bis Freitag, von sieben Uhr morgens bis fünfzehn Uhr nachmittags Parfümtüten in Zeitschriften. Oder ich stecke Kartons für Hyaluron-Filler-Proben zusammen oder konfektioniere Shampoomuster. Es kommt immer darauf an, was es gerade für Aufträge gibt. Ich wette, dass sie im Männerknast Schrauben zählen oder technische Bauteile in Blistercards verpacken.

Als Vorarbeiterin führe ich eine Gruppe von dreiundfünfzig Frauen. Dafür bekomme ich vierzig Euro mehr als „meine" Arbeiterinnen, Geld, das ich nicht brauche. Denn ich wurde reich geboren. Während ich hier in der Justizvollzugsanstalt Pankow dem Staat dabei helfe, einen Teil der Summe zu refinanzieren, den mein Zwangsurlaub kostet, arbeiten „draußen" mehr als zweitausend Menschen für mich. Ich bin dreiunddreißig Jahre alt, bei guter Führung und mit viel Glück werde ich knapp vor meinem siebenundvierzigsten Geburtstag aus dem Knast entlassen.

Auf dem Tisch liegen blaue Plastikcontainer mit Proben eines Parfüms von Thierry Mugler. „Angel“ heißt der Duft, er erinnert mich an meine Kindheit in Versmold. Und damit meine ich nicht, dass es bei uns zu Hause gemütliche Backtage mit Weihnachtsbäckerei und Plätzchenausstechen gegeben hätte. Meine Mutter hatte keine Lust, Kekse mit uns zu backen, sie war schon damit überfordert, sich morgens aus dem Bett zu quälen. Meine Schwester Amanda und ich waren wechselnden Hauswirtschaftsschülerinnen überlassen, die bei meiner Mutter eine Ausbildung machen sollten. Dabei waren sie weitgehend auf sich selbst gestellt, denn Mutter lag mit Migräne im Bett.

Der Vanilleduft des Parfüms erinnert mich an die Versmolder Weihnachtspastete, die in der Fabrik meines Vaters hergestellt wurde. Schon Monate vor Weihnachten roch es dort nach Zimt und Kardamom, die Gewürze wurden geröstet und in die riesigen Metallbottiche gekippt, wo sie in den Fleischteig eingearbeitet wurden.

Ich wurde in Versmold im beschaulichen Ortsteil Peckeloh auf einem klassischen westfälischen Hof geboren. Sie haben noch nie etwas von Versmold gehört? Ich wette, dass Sie mehr als einmal in Ihrem Leben Wurst oder Schinken aus Versmold gegessen haben. Wir sind die Wurstküche Westfalens, bösartige Zungen bezeichnen uns als Fettfleck Deutschlands. Und so ist das Aufregendste an Versmold auch der sogenannte Schweinebrunnen in der Stadtmitte, mit dem den Wursträgern der örtlichen Fleischproduzenten ein Denkmal gesetzt wurde.

Unser Hof mit mehr als hundertzwanzig Hektar Land

war seit Mitte des achtzehnten Jahrhunderts in Familienbesitz, allerdings gab es bereits zu Zeiten meines Großvaters keine Tiere mehr in den geräumigen Ställen, die das schöne, alte Fachwerkhaus flankierten, in dem wir wohnten. Früher hatte man in den Ställen Schweine gehalten, nach dem Zweiten Weltkrieg wurden die Ställe zu Produktionsstätten für Wursterzeugnisse umgebaut.

Früher heirateten viele Bauern nach Milchquoten, mein Großvater heiratete die Tochter des Schlachthofbesitzers, so dass er seine Produktionskapazitäten erhöhen konnte. Nach Übernahme des Schlachthauses von seinem Schwiegervater kam der Anbau eines Zerlegebetriebs hinzu, die Wurstproduktion zog aus den ehemaligen Ställen in eine neue Wurstfabrik um, die mein Opa noch gebaut hatte, bevor er die Leitung der Firmen meinem Vater übergab. Papa vergrößerte das Lebenswerk seines Vaters mit Kühlhäusern und einer Speditionsflotte, die Lidl und Aldi mit unseren Knackwürsten und Lachsschinken belieferte.

Insofern war ich für meinen Vater die totale Enttäuschung. Er hatte sich einen Sohn gewünscht, der das Lebenswerk seiner Vorfahren weiterführt. Auf die Idee, dass auch Frauen durchaus in der Lage sein könnten, eine Fleischproduktion zu führen, kam er nicht.

Als Kind liebte ich es, in der Wurstfabrik herumzustromern, der Geruch von frischem Schweineblut, aus dem unsere berühmte Rotwurst hergestellt wird, gehört zu den Erinnerungen an meine Kindheit genauso wie die Migräne meiner Mutter. Mein Vater hatte keine Zeit für ein Kind, dafür war schließlich eine Mutter da. Eigentlich war ich öfter mit Rüdiger, dem Produktionsleiter Rotwurst, zusammen als mit meinem Vater.

Es gab keine Tiere mehr auf unserem Hof, zumindest keine Großvieheinheiten, wie man Schweine und Rinder hier nennt. Außer ein paar Hühnern, die ausschließlich für die frische Eierproduktion der Familie sorgen sollten und die von den Hauswirtschaftsschülerinnen betreut wurden, gab es auf dem Hof nur Katzen, die uns die Mäuse vom Hals schaffen sollten, und natürlich immer einen großen, wilden Hofhund, Geschlecht und Rasse egal, Hauptsache, er bellte laut, wenn jemand das Grundstück betrat.

Das Haus war luxuriös eingerichtet, die große Tenne war der Mittelpunkt des Hauses, hier bewahrte mein Vater seine Jagdgewehre auf, und hier hingen die Jagdtrophäen von Vater, Groß- und Urgroßvater. Einer der Ställe wurde in den Sechzigerjahren zu einem Schwimmbad umgebaut, wobei ich lieber in den Baggerseen der Peckeloher Seenplatte badete.

Als kleines Mädchen war ich weitgehend auf mich selbst gestellt, mein Vater war so gut wie nie zu Hause, und wenn, dann hatte er weder Zeit noch Lust, sich mit einer Tochter zu beschäftigen. Mama lag meist im verdunkelten Schlafzimmer, so dass ich mich freute, als Papa mir mitteilte, dass ich bald ein Geschwisterchen bekommen würde. Papa hoffte auf einen Sohn, ich wollte unbedingt ein Mädchen, das ich mir vorstellte wie meine Puppe Angelika, eins, dem ich die Haare kämmen oder das ich mit Mamas Lippenstift bemalen könnte.

Zu Papas größter Enttäuschung wurde das Geschwisterchen tatsächlich wieder ein Mädchen, sie nannten es Amanda, und ich habe mit dem Baby gespielt wie mit einer Puppe.

Amanda war ein wunderhübsches kleines Mädchen, sie hatte strahlend blaue Augen und blonde Locken, und wenn sie lachte, dann sah man ihre süße kleine rosa Zunge und ihre schneeweißen Milchzähne blitzen. Ihr Lachen traf dich mitten ins Herz. Sogar in das ziemlich kalte Herz meines Vaters lachte sich meine Püppi. Denn so habe ich Amanda genannt: Püppi – und meine Eltern hatten diesen Namen für das Nesthäkchen übernommen. Während mein Vater mich meist ignoriert oder mir bestenfalls mal wohlwollend über den Kopf gestreichelt hatte, war Püppi auf seinem Schoß zu Hause.

Mich hatte mein Vater nie auf den Schoß genommen, und ich kann mich nicht entsinnen, dass mein Vater mich auch nur einmal so verliebt angeschaut hätte wie Amanda.

Dabei tat ich alles, um Vaters Aufmerksamkeit zu erregen: Ich rannte schneller als alle Jungen von den Nachbarhöfen, ich kletterte höher auf die Bäume, machte mehr Unsinn, ich rauchte, ich trank heimlich Papas Bier, ich prügelte mich mit meinen Mitschülern, und ich bettelte darum, mit ihm auf die Jagd gehen zu dürfen.

Was war ich stolz, als ich mit zwölf Jahren das erste Mal morgens mit meinem Vater auf den Hochsitz durfte. Erst weigerte sich mein Vater, aber dann brachte er mir doch das Schießen bei.

„Eigentlich bist du gar kein richtiges Mädchen“, war

dann auch das schönste Kompliment, das mein Vater mir je gemacht hat.

Um Papa zu beeindrucken, lernte ich von Rüdiger und seinen Kollegen das Wursten. Meine erste eigene Wurst war eine Leberwurst, ich habe sie meinem Vater zu seinem sechsundvierzigsten Geburtstag geschenkt. Er hat einen Wutanfall bekommen und Rüdiger und seine Kollegen Ärger.

Obwohl ich striktes Schlachthofverbot hatte, mogelte ich mich in die Schlachterei und betrachtete fasziniert, wie die Schweine mit einem Stromschlag betäubt, auf den Haken genommen wurden und der Schlachtmeister ihnen fast gleichzeitig mit einem gezielten Schnitt die Kehle aufgeschlitzt hat, damit sie ausbluteten.

Ich verfolgte jeden einzelnen Arbeitsschritt, wie die Schweine ausgenommen, in zwei Teile zerlegt und ins Kühlhaus gebracht wurden. Alle Mitarbeiter im Schlachthof waren über ihren Köpfen durch ein Fließband verbunden, das ihnen Nachschub lieferte.

Währenddessen spielte Amanda mit den Hühnern und bettelte so lange, bis Papa ihr einen Kaninchenstall baute. Ich hasse Kaninchenfleisch bis heute, es ist viel zu süß.

Meine erste zarte Erfahrung mit dem anderen Geschlecht ging tödlich schief. Als ich noch nicht einmal vierzehn Jahre alt war, habe ich Oliver, einen Jungen aus meiner Schule, für den ich schon lange schwärmte, in unser „Wäldchen“ hinter dem Hof gelockt. Ich hatte genau geplant, wo er mich küssen sollte und wie weit er gehen durfte.

Mitten in unser unbeholfenes Liebesspiel peitschte ein

Schuss. Ich wusste sofort, dass da etwas nicht stimmte. Wer jagte schon um halb drei Uhr nachmittags im April, wo alle Tiere Schonzeit haben? Ich schüttelte Oliver ab und rannte in Richtung der Gewehrsalve.

Meine Mutter lehnte sitzend an einem Baum, sie hatte den Lauf eines Gewehres im Mund beziehungsweise in dem, was früher einmal ihr Mund gewesen war.

„Mama?“ Natürlich sah ich, dass sie tot war.

Oliver rannte schreiend davon, während ich wie angewurzelt und stumm vor ihr stand. Ich weiß noch genau, was ich damals dachte: *Was soll ich nur Amanda sagen?*

Ich hatte mich immer für Amanda verantwortlich gefühlt, meine kleine Schwester war acht Jahre alt, wie sollte ich ihr beibringen, dass unsere Mutter sich erschossen hat? Unsere Mutter hatte nicht gewollt, dass Amanda oder ich sie finde, sie hatte meinem Vater einen Abschiedsbrief geschrieben und gedacht, dass wir in der Schule wären.

Doch unser Leben zu Hause ging weiter wie zuvor. Dass Mama nicht mehr da war, fiel kaum auf, schließlich waren wir jahrelang alle auf Zehenspitzen durchs Haus geschlichen, weil Mama Migräne hatte. Heute weiß ich, dass meine Mutter nie Migräne hatte, sondern Depressionen.

Papa war genauso selten zu Hause wie zuvor, die Hauswirtschaftsschülerinnen wurden gegen eine Hauswirtschafterin eingetauscht, und ich verbrachte sehr viel Zeit mit meiner kleinen Schwester, die mich jetzt noch mehr brauchte als früher.

Amanda hatte einen besseren Zugang zu meiner Mutter gehabt als ich, vielleicht, so habe ich später gedacht, war ich der Grund für Mamas Depressionen gewesen. Sie hatte meinen Vater heiraten müssen, weil ich unterwegs gewesen war, da gab es auf dem Land keine Entschuldigung. Amanda war ein Wunschkind gewesen, vielleicht hatte sie sich von ihr erhofft, dass sich ihre Depressionen und auch ihre Ehe durch ein weiteres Kind bessern würden. Denn dass die Ehe unserer Eltern nicht glücklich war, haben wir Kinder jeden Tag gespürt.

Ich habe tagtäglich mit Amanda Schularbeiten gemacht, sie hatte, im Gegensatz zu mir, nicht viel Lust zu lernen. Mir war sehr schnell klar geworden, dass ich niemals so ein Leben wie meine Mutter führen wollte. Mein Vater war nie müde geworden, meiner Mutter ihre Bedeutungslosigkeit vorzuhalten und, um ehrlich zu sein, habe ich ihn darin sogar unterstützt. Ich habe höhnisch über sie gelacht, dass sie nicht mal in der Lage war, die einfachste Aufgabe, die Papa ihr gegeben hat, richtig auszuführen. Meine Mutter war mir vorgekommen wie eine Drohne, die gefüttert beziehungsweise mit Gold behängt wurde, die aber keine Lust hatte, irgendetwas Eigenes zu leisten. Deshalb brachte ich fast nur Einser nach Hause, mein Vater sollte sehen, dass es auch Frauen gab, die sich anstrengten und etwas leisten konnten.

Als Amanda keine Empfehlung fürs Gymnasium bekam, lachte mein Vater nur. „Wer so aussieht wie Amanda, braucht kein Abitur“, sagte er und küsste sie auf den Scheitel. „Püppi hat eben andere Qualitäten.“

Ich habe die halbe Nacht geweint.

Armes reiches Mädchen

In der Nacht schlief ich schlecht. Mir ging die junge Vanessa nicht aus dem Kopf. Ich konnte mir gut vorstellen, wie unglücklich das Mädchen gewesen sein musste. Vanessa hatte mir die Informationen in einer unaufgeregten, unsentimentalen Sprache geliefert, da war keine Spur von Selbstmitleid enthalten. Zwischen den Zeilen schimmerte eher eine nahezu unerbittliche Abneigung gegen alles Schwache durch, was ich an der Ablehnung der Mutter festmachte. Vanessa schien zu glauben, dass man sich Liebe und Anerkennung erarbeiten musste. Hatte sie überhaupt Liebe in ihrer Kindheit erfahren?

Das Kind schien keinerlei Mitgefühl für ihre kranke Mutter empfunden zu haben, sie sprach fast hasserfüllt von ihr, so, als gäbe sie ihr die Schuld für ihre Situation. Interessant erschien mir Vanessas Verhältnis zu Amanda: Zunächst ersetzte ihre kleine Schwester eine Puppe. Später schien Vanessa hin- und hergerissen zu sein zwischen Verantwortungsgefühl und Neid. Wenn es aber überhaupt jemanden auf der Welt gab, zu dem Vanessa eine enge Bindung hatte, so war das wohl ihre Schwester.

Der Vater war für Vanessa offensichtlich die Messlatte,

an der sie sich orientierte. Sie bettelte quasi um seine Anerkennung. Wie tief muss es das Mädchen getroffen haben, als ihr Vater ihre Schwester ohne jegliche Gegenleistung liebte, es muss ihre ganze Welt ad absurdum geführt haben.

Wie muss sich eine Vierzehnjährige fühlen, wenn sie ihre Mutter erschossen im Wald findet, fragte ich mich. Und welche Auswirkung hatte die Koinzidenz von erstem Kuss und Selbstmord ihrer Mutter auf die Sexualität von Vanessa? Konnte sich eine Frau mit so einer Biografie überhaupt sexuell normal entwickeln? Fragen über Fragen, mit denen ich mich im Bett von einer Seite auf die andere wälzte.

Mit Vanessa hatte ich ausgemacht, dass sie mir Zeit zum Lesen geben und mich dann anrufen würde. Ich merkte, dass ich nicht einfach aus den Briefen von ihr Buchtext machen konnte. Es gab so viele Fragen, die ich aber im Moment noch nicht stellen wollte, weil ich sie mit meinen Fragen nicht in eine Richtung lenken wollte. Ich würde abwarten müssen, bis ich ihre ganze Geschichte kannte.

Vanessa wollte von mir im Gegenzug zu ihren Briefen immer das erhalten, was ich aus ihren Worten gemacht hatte. Um es zu korrigieren, hatte sie gesagt. Ich spürte, dass da eine kleine Bombe versteckt war. Denn genauso, wie ich ihre Geschichte nicht beurteilen konnte, bevor ich sie ganz gehört hatte, genauso wenig konnte sie beurteilen, ob unser Projekt in die richtige Richtung ging, also das bot, was meine Leser interessierte.

In dieser Nacht beschloss ich, das Vanessa-Projekt anders anzugehen. Ich würde aus allem, was sie schrieb, einen Text machen, den ich ihr schicken konnte. So würde sie die Chance haben, mich darauf hinzuweisen, falls ich etwas falsch interpretierte. Erst zum Schluss, wenn ich die ganze Story kannte und alle Fragen gestellt waren, würde ich aus diesen Rohtexten einen Roman schreiben. Meinen Roman.

Und etwas anderes trieb mich um. Ich hatte keine Ahnung, inwieweit ich mich auf Vanessas Wort verlassen konnte. Ich musste dringend mit meinem Anwalt über die Sache reden. Was ich brauchte, war ein Vertrag, damit Vanessa nicht irgendwann sagen konnte: „Wie, wir hatten eine Vereinbarung, davon weiß ich ja gar nichts, ich verklage Sie auf Schadensersatz von drei Millionen Euro." Schließlich fanden unsere Gespräche unter Ausschluss der Öffentlichkeit statt.

Mit der Überlegung, wie ich ihr das beibringen konnte, schlief ich gegen drei Uhr morgens ein.

Am nächsten Morgen rief ich als erstes Peter Lauenstein an. Peter war ein alter Freund von mir und außerdem für mich der Mann für alle Fälle. Er war Anwalt und hatte nicht nur mein Vermögen vor dem Zugriff durch meinen ungetreuen Ehemann gerettet, sondern war spezialisiert auf Urheberrecht, so dass er all die wunderbaren Verträge für mich ausgehandelt hatte, mit denen ich mir mein Vermögen verdient hatte. Außerdem war Peter ein kluger Ratgeber in allen Lebenslagen, ein treuer Freund und schwul. Das war das Einzige, was mich seit Jahrzehnten davon abhielt, den Kerl anzubaggern. Peter schlug ein lauschiges Arbeitsessen im Lubitsch in der Bleibtreustraße vor. Auf dem Weg zu meiner Verabredung warf ich die paar Seiten, die ich bereits geschrieben hatte, für Vanessa in den Briefkasten.

Um kurz nach eins betrat ich das Lubitsch. Peter saß auf seinem Stammplatz direkt neben dem Eingang, so dass er die Straße im Blick hatte. Peters Kanzlei befand sich direkt über dem Lokal, so dass er das Lubitsch quasi als seine Filiale ansah.

„Ich habe dir schon mal einen Weißwein bestellt", sagte er, als wir uns mit einer herzlichen Umarmung begrüßten. Peter und ich kannten uns aus der Schule, ich habe seine Deutscharbeiten geschrieben, und er hat mir dafür meine Matheaufgaben gelöst. Als wir zusammen auf Klassenfahrt in Paris waren, hat er mir auf der Pont Neuf gestanden, dass er sich in einen Mann verliebt hatte. Der Mann war ausgerechnet unser Klassenlehrer, und Peter hatte ein echtes Problem. Als wir kurz darauf unser Abi gefeiert haben, habe ich Peter und unseren Klassenlehrer knutschend draußen in Peters uraltem Audi erwischt.

„Danke", sagte ich und quetschte mich neben ihn auf die Bank. Ich hasste es, mit dem Rücken zur Tür zu sitzen.

„Was ist dein Problem?", fragte er mich, nachdem ich bei der Kellnerin Blutwurst mit Kartoffelpüree bestellt hatte.

Ich erklärte ihm kurz die Situation.

Peter pfiff durch die Zähne. „Warum kommst du erst jetzt damit zu mir?"

„Weil ich vorher noch gar nicht wusste, ob ich mit Vanessa überhaupt ins Geschäft komme." Ich nahm einen Probeschluck vom Pinot Grigio. Ich liebe Weißwein.

„Aber du musst die Konditionen doch vorher festlegen, glaubst du denn, dass du der Frau trauen kannst?"

„Ich vertraue dir. Und sonst nicht sehr vielen Menschen, wie du weißt."

„Aus Erfahrung klug geworden, was?" Er prostete mir zu. Noch vor dem Essen nannte ich ihm die mit Vanessa vereinbarten Konditionen und bat meinen Freund, mir daraus ganz schnell einen Vertragsentwurf zu fertigen.

Kaum war ich wieder zu Hause, rief Vanessa mich an. „Haben Sie Fragen?"

„Viele", sagte ich.

„Haben Sie schon was geschrieben?"

„Ist schon an Sie unterwegs", sagte ich.

„Das kann ein wenig dauern, kommen Sie am Donnerstag in die JVA."

Wieder keine Frage, ob ich Zeit oder Lust hätte, sondern ein Befehl. Ich dachte nach. Es war Dienstag, Peter hatte zwar versprochen, mir schnell einen Vertragsentwurf zu mailen, aber ich musste den per Brief in die JVA schicken, so dass Donnerstag knapp werden würde.

„Ich kann am Donnerstag nicht, da ich für drei Tage nicht in Berlin bin. Ich schlage vor, ich komme am nächsten Dienstag zu Ihnen", sagte ich. Ich wollte sichergehen, dass Vanessa nicht nur mein Probekapitel erhalten hatte, sondern auch meinen Vertragsentwurf. Darüber wollte ich aber nicht am Telefon sprechen, es erschien mir sinnvoller, den Vertrag per Brief anzukündigen.

„Schlecht, sehr schlecht", sagte sie.

Pause. Ich hörte ein Rauschen in der Leitung, am liebsten hätte ich den Mithörer oder die Mithörerin mit einem fröhlichen Hallo begrüßt.

„Ja“, sagte ich, „geht nicht anders.“

Man spürte förmlich durch die Leitung, dass Vanessa verärgert war. Madame war es wohl nicht gewohnt, dass nicht alles auf ihr Kommando loshüpfte.

„Gut“, sagte sie, „ich melde Sie an.“

Als ich mich von ihr verabschiedet hatte, musste ich lächeln. Wir hatten eben einen kleinen Machtkampf ausgetragen, in dem es um mehr gegangen war als um einen Termin. Vanessa hatte verstanden, dass sie nicht nach Gutdünken über mich verfügen konnte. Das war fast so viel wert wie ein Vertrag.

Der zweite Besuch

Beim ersten Mal, da tut's noch weh – diese Zeile des alten Liedes von Hans Albers spukte mir im Kopf herum, als ich in dem Glaskasten in der JVA darauf wartete, abgeholt zu werden. Wie ging der Text nur weiter? Ich konnte mich nicht entsinnen. Irgendetwas mit „gewöhnt man sich daran".

Der Empfang in der JVA erschien mir weniger peinlich als beim letzten Mal. Trotzdem war ich nervös. Was würde Vanessa zu meinem Text sagen? Oder zu dem Vertragsentwurf, den ich ihr zugeschickt hatte? Ich stellte mich innerlich auf Widerstand ein und war mir ganz und gar nicht sicher, ob dies vielleicht sogar mein letzter Knastbesuch werden würde.

Es war merkwürdig, nun hatte ich schon so viele Bücher geschrieben, fast alle sind Bestseller geworden. Aber immer noch war ich nervös wie ein Schulkind, wenn es die Klassenarbeiten zurückgibt, sobald ich einen Text an meine Lektorin sandte. Oder in diesem Fall an meine – tja, was? Partnerin? Auftraggeberin? Kollegin? Ich spürte, dass unser Verhältnis dringend geregelt werden musste.

Man ließ mich warten in diesem Begegnungsraum, der

den Charme einer Kantine hatte. Außer mir war noch eine ältere Frau dort, die sich mit einer jüngeren Insassin unterhielt, ich vermutete, dass es sich um Mutter und Tochter handelte. In der Ecke saß eine Aufseherin. Meine Hände waren schweißnass, ich wischte sie unauffällig an meinen Jeans ab. Gerade noch rechtzeitig, bevor Vanessa eintraf. Diesmal trug sie ebenfalls Jeans und einen hellroten Kapuzenpulli. Sie war der Typ Frau, die tragen konnte, was sie wollte, es sah immer edel aus. Vielleicht lag es an ihrer majestätischen Haltung, dass selbst ein billiger Fummel irgendwie teuer an ihr wirkte.

Sie setzte sich mir gegenüber und schaute mir fest in die Augen. „Ich habe nicht die halbe Nacht geweint."

Ich verstand nur Bahnhof. „Was?"

„Ich habe nicht geweint, als meine Schwester nicht aufs Gymnasium kam", sagte sie. „Ich habe nur geweint, als meine Schwester verschwunden ist. Als Kind habe ich nie geweint. Niemals."

„Haben Sie meinen Vertragsvorschlag erhalten?", fragte ich.

„Sie sollen nichts erfinden, was nicht tatsächlich geschehen ist."

„Was sagen Sie zu dem Vertrag?"

„Ich will, dass Sie das schreiben, was gewesen ist, was ich Ihnen erzähle, nicht das, was Sie hineininterpretieren", sagte Vanessa.

Ich atmete durch und lehnte mich zurück. „Ich bin keine Lohnschreiberin, ich dachte, das hätte ich deutlich gemacht."

„Sie wollen doch authentisch schreiben."

„Es gibt wohl noch einiges zu klären", sagte ich. Und

dann legte ich ihr dar, dass das, was ich ihr geschickt hatte, niemals die endgültige Version sein könnte. Da ich schon mal dabei war, nannte ich ihr meine Bedingungen, so, wie sie in dem Vertrag standen, und so, wie ich sie brauchte, um mit ihr arbeiten zu können.

Vanessa schien mich mit ihren hellblauen Augen zu durchbohren. Ich war froh, dass in der Ecke eine Aufseherin saß, allein mit dieser Frau in einem Zimmer hätte ich mich gefürchtet.

„Ich habe kein Problem mit dem Vertrag, der unterzeichnete Vertrag ist bereits auf dem Weg zu Ihnen", sagte sie jedoch zu meinem größten Erstaunen. „Ich möchte nur, dass Sie mich nicht interpretieren."

„Das wird sich kaum vermeiden lassen. Jede Zeile, die ich schreibe, ist eine Interpretation dessen, was ich glaube, verstanden zu haben."

„Deshalb sind die Korrekturphasen so wichtig."

„Was mir noch wichtiger erscheint, ist dahinterzukommen, was Ihre Absicht ist. Wollen Sie verstanden werden, wollen Sie gemocht werden, wollen Sie, dass die Leser Sie für einen Menschen aus Fleisch und Blut und nicht für ein Ungeheuer halten? Was ist Ihr Ziel, weshalb wollen Sie mit mir zusammenarbeiten?"

„Ich will, dass Sie meine Geschichte schreiben, so, wie ich sie erlebt habe."

„Und die Interpretation dem Leser überlassen?"

„Ganz genau."

„Gut, dann lassen Sie uns Tacheles reden. Ich habe alle verfügbaren Medienartikel zu Ihrem Fall gelesen. Sie werden als unnahbar, als Eis-Engel, als Monster dargestellt. So, wie Sie sich während des Prozesses und auch davor der Öffentlichkeit präsentiert haben, haben Sie keine Freunde, nicht einen Fürsprecher gefunden. Niemand hatte Mitleid mit der ‚Schlächterin von Prenzlberg'. Niemand. Wenn Sie sich in einer Autobiografie genauso darstellen, wird niemand das Buch lesen wollen. Leser wollen sich mit dem Protagonisten identifizieren."

„Deshalb schreibe ich keine Autobiografie, sondern Sie einen Roman", sagte sie.

„Aber, verdammt noch mal, auch in einem Roman müssen die Leser die Hauptfigur liebhaben. Da gibt es hundert kleine Kniffe, wie man das hinkriegt. Die eiskalte Mörderin, die eine kleine Katze vor dem sicheren Tod durch Ertrinken bewahrt. Oder die knallharte Geschäftsfrau, die in ihrer Freizeit im Obdachlosenasyl die Essensausgabe organisiert. Verstehen Sie, was ich meine? Ich muss die Leser mitnehmen auf eine Reise in Ihr Leben. Aber dafür muss ich meinen Lesern etwas geben, woran sie ihre Sympathie festmachen können."

„Und Sie glauben, wenn ich geweint hätte, würden mich die Menschen sympathischer finden?"

„Nein, menschlicher. Es muss Sie doch zutiefst verletzt haben, dass Ihr Vater Ihre kleine Schwester so offensichtlich ohne Gegenleistung liebte, während Sie alles daransetzten, von ihm akzeptiert zu werden."

„Ohne Gegenleistung? Meinen Sie?"

Etwas in ihrem Ton ließ mich aufhorchen. Ich legte den Kopf ein wenig schräg, fixierte sie und sagte gar nichts.

Mal sehen, ob da noch etwas kam. Es kam nichts. Sie schwieg. Oder war das der Kampf „Wer hält das Schweigen länger aus“? Ich hatte nicht die Absicht, diesen Kampf zu verlieren.

„Sie müssen als kleines Mädchen doch unfassbar einsam gewesen sein.“ Okay, ich hatte verloren.

„Wieso, es waren doch immer Leute da. Die Hauswirtschaftsschülerinnen. Rüdiger. Meine Freunde aus dem Kindergarten und später aus der Schule. Papa. Und Mama. Mit Einschränkungen.“

Mir war die Reihenfolge nicht entgangen. „Ich meinte nicht allein sein. Sondern einsam. Niemandem haben, für den man der wichtigste Mensch auf der Welt ist.“

„Wer ist für Sie der wichtigste Mensch auf der Welt?“, fragte sie mich.

„Meine Tochter.“ Da musste ich nicht nachdenken. „Wer war denn für Sie der wichtigste Mensch auf der Welt?“

„Mein Vater“, sagte sie.

Ich nickte.

„Ich habe Ihnen zusammen mit dem Vertrag den nächsten Stapel geschickt.“

„Ich habe aber zu dem letzten Stapel noch Fragen.“

„Nur zu, dafür haben wir uns heute hier getroffen.“ Es klang so, als würden wir beide in einem Caféhaus zusammensitzen.

„Ihre Mutter geht mir nicht aus dem Kopf. So, wie Sie es schildern, war sie nie für Sie da, sondern lag immer im Bett. Es hört sich an, als ob Sie Ihre Mutter dafür gehasst haben.“

„Ich habe sie nicht gehasst, dazu war sie zu unbedeutend“, sagte Vanessa.

„Was meinen Sie mit unbedeutend? Unbedeutend für Sie, weil sie nicht für Sie da war?“

„Nein, unbedeutend als Mensch. Sie hat nie etwas geleistet in ihrem Leben. Sie hat sich ins Bett gelegt und drauf gewartet, dass ihr jemand Essen bringt und ihr Haus sauber macht und ihre Kinder erzieht.“

„Aber sie hatte Depressionen. Das ist doch eine sehr ernst zu nehmende Krankheit. Hat Ihnen das Ihr Vater damals nicht erklärt?“

„Man kann das Depressionen nennen. Man kann es aber auch Faulheit nennen, Flucht vor der Realität. Wenn meine Mutter einen Arsch in der Hose gehabt hätte, dann hätte sie sich von meinem Vater getrennt und wäre mit mir ganz weit weggegangen.“

„Weil die Ehe Ihrer Eltern so unglücklich war? War Ihr Vater nicht nett zu seiner Frau?“

„Er hat sie verachtet.“

„Wie hat sich das geäußert?“

„Er hat es geäußert. Laut und unüberhörbar. Tagtäglich. ‚Geh zu deiner bekloppten Mutter und frage sie, ob sie sich herunterbequemt zum Essen oder ob wir ohne ihre hochgeschätzte Anwesenheit essen dürfen.‘ So in etwa.“

„Wussten Sie, warum er so überheblich ihr gegenüber war? War sie total abhängig von ihm?“

„Meine Mutter hatte das Geld, nicht mein Vater. Ihren Eltern gehörte der Hof, ihr Vater hatte die Fabrik gebaut. Mein Vater war der Schwiegersohn, den sich mein Opa ausgesucht hatte. Meine Mutter hat meinen Vater nie gewollt."

„Warum hat sie ihn dann geheiratet?"

„Weil sie mit mir schwanger war? Ich habe keine Ahnung, ich habe sie das nie gefragt."

„Sie haben Ihre Mutter als Mutter genauso wenig ernst genommen wie Ihr Vater sie als Ehefrau. Kein Wunder, dass sie Depressionen bekommen hat."

„Man hat immer eine Wahl, meine Mutter hat das verdunkelte Schlafzimmer einem richtigen Leben vorgezogen."

„Sie haben Ihre Mutter für ihr Leben verachtet."

„Ich verachte Schwäche. Egal von wem."

„Deshalb gestatten Sie sich nicht zu weinen."

„Tränen haben noch nie ein Problem gelöst."

„Der Anblick Ihrer toten Mutter muss Sie zu Tode erschreckt haben. Und das kurz nach Ihrem ersten Kuss. Wie lange hat es bis zum nächsten Kuss gedauert?"

Der Blick von Vanessa sagte mehr als jede Antwort. Sie wollte über dieses Thema nicht sprechen. Aber genau das war es, was mich brennend interessierte. Na gut, ich hatte verstanden, dass ich heute keine Antwort auf diese Frage bekommen würde.

„Wie hat Ihr Vater auf den Selbstmord Ihrer Mutter reagiert? Darüber stand nichts in Ihrer Niederschrift."

„Der Tod meiner Mutter war für meinen Vater nur eine logistische Aufgabe. Es gab zwei Mädchen zu versorgen, also musste eine ausgebildete Hauswirtschafterin her, die Beerdigung musste organisiert werden, das Zimmer meiner Mutter ausgeräumt und ihre Klamotten entsorgt werden."

Ich knöpfte meinen Blazer zu, es war ein wenig zu kühl in diesem Begegnungsraum.

„Hatte er eine Freundin? Kam mit dem Tod Ihrer Mutter eine andere Frau in Ihr Leben? Vielleicht die Hauswirtschafterin?“

„Nein. Die ersten drei Hauswirtschafterinnen habe ich verjagt, die taugten nichts. Danach habe ich selbst eine Frau aus der Nachbarschaft gefunden, die uns versorgt hat.“

„Sie waren sehr früh in der Rolle des Haushaltsvorstandes?“

„Was blieb mir anderes übrig. Was glauben Sie denn, wer die Hauswirtschaftsschülerinnen ausgebildet hat? Meine Mutter war zwar eine ausgebildete Ökotrophologin, aber wie man einen Kuchenteig zubereitet oder die Vorräte organisiert, haben die Mädchen von mir gelernt, während Mama schlief.“

„Und von wem haben Sie das gelernt?“

Das schien eine gute Frage gewesen zu sein, denn Vanessa schaute mich betroffen an. „Wieso? Das kann doch jeder, man muss nur mal ein bisschen nachdenken“, sagte sie dann. „Das Gehirn einschalten, wie mein Vater das nannte.“

„Und das konnte ein kleines Mädchen einfach so, ohne dass ihr jemand gezeigt hätte, wie es geht?“

„Ich hatte wie jeder mal eine Oma. Die hat es mir gezeigt.“

„Aha, von der haben wir überhaupt noch nie gesprochen. War das die Mutter Ihrer Mutter oder Ihres Vaters?“

„Die Mutter meiner Mutter. Sie hat bei uns gelebt, bis ich, äh, ungefähr zwölf war. Sie ist viel zu früh gestorben.“

„Woran ist sie gestorben?“

„Sie ist unter den Mähdrescher geraten.“

„Ihr Vater bestellte noch Felder?"

„Nein. Die Felder rund um den Hof wurden von unserem Nachbarn bewirtschaftet. Er ist dafür von meinem Vater bezahlt worden."

„Und der Nachbar hat den Mähdrescher gefahren, unter den Ihre Oma geraten ist?"

„Hhm."

„Wie war denn das Verhältnis zwischen Ihrer Oma und Ihrem Vater?"

„Gut, sehr gut. Solange Oma lebte, hat sie sich um meine Mutter gekümmert, und mein Vater hatte eine Sorge weniger. Er war ja nicht viel zu Hause, mein Vater lebte in und für seine Betriebe."

„Und Sie liebten Ihre Oma?" Ich fragte mich, warum sie ihre Oma mit keiner Silbe bisher erwähnt hatte. Die Frau muss doch so etwas wie ein Muttterersatz für sie gewesen sein.

„Ich habe viel von ihr gelernt. Sie hat mir gezeigt, wie man ein Haus zu führen hat."

„So wie sie es ihrer Tochter mal gezeigt hatte?"

„Ihre Tochter war die totale Enttäuschung für sie."

„Sie haben alles getan, um Ihre Oma nicht auch noch zu enttäuschen?"

„Natürlich."

Jetzt wusste ich zumindest, woher ihre Leistungsorientierung stammte.

Recherchen

„Und – hat sie unterzeichnet?“ Kaum war ich wieder zu Hause, rief Peter an.

„Ja, hat sie.“

„Ohne Änderungswünsche?“

„Ohne Kommentar, ohne Änderungswünsche, ohne Einspruch. Angeblich hat sie den unterschriebenen Vertrag bereits in die Post gegeben.“

„Und ihr habt nicht über den Vertrag gesprochen? Du warst doch heute da, oder?“

„Sie hatte nur eine einzige Anmerkung: Ich solle ihre Worte nicht interpretieren.“

„Was meint sie damit? Das musst du doch, wenn du daraus ein Buch machen willst.“

„Sie hat sich darüber aufgeregt, dass ich geschrieben habe, sie hätte als Kind einmal die halbe Nacht geweint.“

„Oha.“

„Genau das habe ich auch gedacht. Sie will auf Teufel komm raus als unnahbar, geradezu unmenschlich rüberkommen. Die Frau gestattet sich keine Schwäche.“

„Wie langweilig“, sagte Peter.

„Du sagst es. Aber du hast den Vertrag ja so formuliert, dass ich schlussendlich reinschreiben kann, was mir angemessen erscheint. Natürlich nach vorheriger Abstimmung, aber ich habe das letzte Wort. Sie wehrt sich gegen Mitgefühl wie die Zicke am Strick."

„Sag bloß, du hast bereits Mitleid mit der Frau?" Peter kannte mich verdammt gut.

„Sie muss als kleines Mädchen wahnsinnig einsam gewesen sein. Ich glaube, sie wusste gar nicht, was Liebe ist. Stell dir mal vor, sie hat heute erwähnt, dass sie eine Großmutter hatte, die bei ihren Eltern im Haus lebte, bis Vanessa zwölf Jahre alt war. Die Oma ist unter den Mähdrescher gekommen."

„Merkwürdige Todesart. Ups, ein Mähdrescher, den habe ich doch glatt übersehen."

„Schade, dass ich dazu bestimmt nichts im Internet finde, das war ja noch vor der Jahrtausendwende, da waren die Zeitungen noch nicht digitalisiert."

„Früher haben wir auch auf das gute alte Zeitungsarchiv zurückgegriffen. Welches Medium ist denn die Heimatzeitung in Versmold?", fragte mein praktisch veranlagter Anwalt.

„Keine Ahnung, aber das bekomme ich raus."

„Dann würde ich versuchen, die Meldung aus deren Archiv zu bekommen", schlug er vor.

„Prima Idee", sagte ich und verabschiedete mich schnell, weil ich jetzt auf der Stelle ins Internet wollte. Die Oma ließ mir keine Ruhe.

Allerdings machte ich sofort wieder eine Vollbremsung. Verdammt, warum hatte ich nicht nach dem Namen der

Witwe vom Opa gefragt, der die Betriebe gegründet hatte? Dass Amanda und Vanessa mit Mädchennamen Baerwald hießen, hatte ich inzwischen herausgefunden, ebenso um welches bekannte Unternehmen es sich bei den Fabriken ihres Vaters handelte. Also brauchte ich bloß Wikipedia aufzurufen und in der Firmengeschichte der VFWF nachschauen. Ich war mir sicher, dass dort der Firmengründer genannt wurde.

Der Artikel bei Wikipedia war ellenlang. Eigentlich interessierte mich nur der Name des Gründers. Karl-Heinz Woermann. Na also. Ich überflog die Firmengeschichte. Es war also eine Frau Woermann, die vor rund sechsundzwanzig Jahren in Versmold unter einen Mähdrescher geraten ist. Damit würde ich etwas anfangen können.

Google verriet mir, dass in Versmold das *Haller Kreisblatt* gelesen wurde. Aber wie ich es mir schon gedacht hatte: Bis in die Neunzigerjahre des letzten Jahrhunderts hinein gab es keine Aufzeichnungen, die ich im Internet nachlesen konnte. Immerhin fand ich bei Google die Telefonnummer. Ein Blick auf die Uhr sagte mir, dass ich an diesem Abend niemanden mehr erreichen würde, der mir eine Auskunft über das Archiv beziehungsweise Zugang zum Archiv geben könnte. Es blieb mir nichts anderes übrig, als zu warten. Also nutzte ich die Zeit, packte meine Sporttasche und ging ins Fitnessstudio, um ein paar Bahnen zu schwimmen.

Haller Kreisblatt

Obwohl ich ein ausgemachter Morgenmuffel bin, machte ich bereits nach dem ersten Kaffee einen Anruf beim *Haller Kreisblatt*. Die Mitarbeiter dort waren ausgesprochen freundlich und hilfsbereit, auch wenn ich von Pontius zu Pilatus verbunden wurde. Aber nach zahllosen Weiterverbindungen war ich endlich an der richtigen Stelle.

„Oh ja, ich erinnere mich“, sagte die Frau, die, wie ich vermutete, eine Sekretärin war. „Sie recherchieren sicher für Ihr neues Buch. Ich bin ein großer Fan Ihrer Bücher, müssen Sie wissen.“

Heute war offensichtlich mein Glückstag! „Darf ich nach Ihrem Namen fragen?“

„Sander“, sagte die Frau. Sie hatte eine junge Stimme, ich konnte mir nicht vorstellen, dass sie bereits in den Neunzigerjahren bei der Zeitung gearbeitet hatte. „Wow, wenn ich das meinen Freundinnen erzähle. Dass ich tatsächlich mit Juliane Mansfield gesprochen habe.“

Es war mir immer ein wenig peinlich, wenn sich ein Gegenüber als Fan outete. Auf jeden Fall wusste ich nie so richtig, wie ich darauf reagieren sollte. Aber heute war es mir nützlich.

„Sie erinnern sich an den Mähdrescherunfall von Frau Woermann?"

„Ach herrje, das ist sooo lange her, ich war damals noch ein Kind. Aber ich weiß, dass es viel Gerede gegeben hat."

Wie hieß sie noch gleich? Sander!

„Was für ein Zufall, Frau Sander. Können Sie sich noch erinnern, wie es zu dem Unfall kam?"

„Nein, ehrlich gesagt nicht. Ich weiß, dass das Tagesgespräch war damals in Versmold. Jeder bei uns kannte die Familie. Es ist wie bei den Kennedys, wissen Sie. Es scheint Familien zu geben, die ziehen das Unglück magisch an."

„Wie meinen Sie das?"

„Na, erst die Oma, dann die Mutter, dann der Vater, und zum Schluss bringt Vanessa auch noch ihre Schwester um."

So gesehen hatte sie recht. Das war mir noch gar nicht so richtig klar geworden.

„Es gab doch sicher Artikel darüber im *Haller Kreisblatt*. Könnten Sie mir die vielleicht raussuchen und kopieren? Oder muss ich dafür persönlich bei Ihnen vorbeikommen?"

„Hey, das wäre cool, wenn wir Sie hier persönlich erleben dürften. Aber natürlich suche ich Ihnen gerne die Artikel raus und mache Kopien. Meine Vorgängerin hat uns ein gut sortiertes Archiv hinterlassen."

„Ja, heute hat man ja alles elektronisch, früher musste man noch schnippeln", sagte ich.

Sie lachte. „Früher gab es hier jemanden, der nichts anderes machte als schnippeln und einsortieren. Ich könnte

Ihnen über die Familiengeschichte der Woermanns und der Baerwalds noch mehr raussuchen. Wollen Sie?"

Die Frau war Gold wert. Manchmal war es doch nützlich, kein *no name* zu sein. „Sehr, sehr gern, und legen Sie mir bitte die Rechnung dazu."

„Schreiben Sie einen Krimi über Vanessa Baerwald?"

„Mal sehen, vielleicht mit ihr."

„Dann müssen Sie uns aber unbedingt ein Interview geben. Mein Chef erschlägt mich, wenn ich von Ihnen dafür keine Zusage bekomme."

„Ich gebe Ihnen dann sehr gern ein Interview, doch erst einmal muss ich das Buch schreiben. Aber ich verspreche Ihnen, dass ich Ihre Zeitung im Abspann erwähnen werde."

„Perfekt. Ich suche gleich alles heraus. Hach, heute ist mein Glückstag! Wohin darf ich das dann schicken?"

Ich nannte ihr meine Adresse.

„Wenn ich Ihnen ein Buch von Ihnen schicke, könnten Sie mir dann eine Widmung hineinschreiben? Oder ist das sehr unverschämt?"

Die Frau war einfach süß. „Welche haben Sie denn schon von mir gelesen?"

Sie zählte alle auf bis auf mein neuestes Buch, das gerade erst erschienen war. „Dafür, dass Sie mir so nett weiterhelfen, schicke ich Ihnen gern mein neuestes Buch zu. Was soll ich denn reinschreiben?"

„Für Lisa Sander", sagte sie. Ich notierte mir ihren Namen. „Wird gemacht", sagte ich zum Abschied.

Am Nachmittag hatte ich endlich Post. Vanessa hatte den

Vertrag ohne irgendeine Randbemerkung unterschrieben. Außerdem fand ich weitere einzeilig beschriebene DIN-A4-Blätter in dem Umschlag, mit denen ich mich sofort in meinen Lesesessel verzog.

Der zweite Brief

Liebe Juliane Mansfield,

für Tränen hatte ich keine Zeit. Nach dem Tod meiner Mutter habe ich mich um meine kleine Schwester gekümmert. Sie war schließlich erst acht Jahre alt. Amanda war ein richtiges Mädchen. Sie hatte sehr früh gelernt, wie man mit großen Augen und einem Finger im Mund bekommt, was man will. Aber vielleicht ist so etwas angeboren, ich habe es ihr jedenfalls nicht beigebracht und meine Mutter erst recht nicht. Vielleicht hat sie es sich selbst beigebracht, vielleicht hat sie einfach bei meinem Vater ausprobiert, wie man seine Aufmerksamkeit erlangt und bekommt, was man will. Während ich immer geradeheraus gesagt habe, was ich wollte, und es meist nicht gekriegt habe, wurde Amanda überschüttet mit Zugeständnissen und Geschenken.

Bei mir zog diese Masche nicht, ich kann scheinheiliges Getue und Einschleimen nicht ausstehen. Ich habe meinem Vater vorgeworfen, dass Amanda ihn um den Finger wickelt. Er hat gesagt: „Aber sie ist doch noch so klein und ohne Mutter."

Ich hatte immer davon geträumt, im Ausland zu studieren,

am liebsten in den Vereinigten Staaten oder in Kanada. Aber Amanda brauchte mich, sie kam gerade in die Pubertät.

Deshalb habe ich mich nach dem Abitur an der Uni Osnabrück in Agrar- und Lebensmittelwirtschaft eingeschrieben. Ich habe meinem Vater gesagt, dass ich später in seinem Unternehmen arbeiten wollte, um es irgendwann einmal zu übernehmen. Er hat mich ausgelacht. „Ein Mädchen im Fleischerbusiness! Du weißt doch gar nicht, wovon du redest. Du kannst bei mir als Sekretärin arbeiten. Oder werde Lehrerin, da hast du viele Ferien!" Er war ein furchtbarer Macho.

Als Amanda sechzehn wurde, dachte ich, dass sie alleine klarkommen würde.

Ich habe mich für ein Auslandssemester beworben und durfte für ein Jahr nach Boulder an die University of Colorado gehen. Währenddessen begann Amanda lustlos eine Lehre als Bürokauffrau und durfte im Betrieb meines Vaters arbeiten.

Eines Tages schrieb sie mir eine Mail, dass sie einen Fotografen kennengelernt habe, der ein paar Probeaufnahmen von ihr für eine Agentur gemacht habe, die sie vielleicht als Model vertreten könnte. Ich wäre am liebsten sofort nach Hause geflogen. Jedenfalls habe ich mir sehr große Sorgen um sie gemacht.

Ich habe mit meinem Vater telefoniert, der hat mich nur ausgelacht. „Amanda hat ihren ersten Fotoauftrag", informierte er mich. „Du willst unbedingt ins Fleischerhandwerk, Amanda träumt davon, Model zu werden. Jeder nach seiner Façon."

Er war stolz auf Amandas Erfolg. Denn den hatte sie sehr schnell. Fotoshootings an den schönsten Plätzen der Welt lie-

ßen nicht lange auf sich warten. Noch während ich ein Praktikum in Deutschland suchte, verdiente Amanda viel Geld und zierte Plakatwände und Zeitschriftencover.

Ja, Sie haben richtig gelesen. Ich suchte ein Praktikum in einer Fleischwarenfabrik. Mein Name half mir dabei jedenfalls nicht, denn jeder fragte mich, warum ich nicht bei meinem Vater hospitieren würde. Mein Vater weigerte sich, mich in seiner Firma auszubilden. Natürlich glaubten alle, ich sollte für ihn die Konkurrenz ausspionieren. Also habe ich mich in anderen Lebensmittelbereichen umgesehen und schließlich ein Praktikum bei einem international bekannten Hersteller von Tiefkühlpizza in Berlin bekommen.

Und so landete ich in der Hauptstadt in einer Studenten-WG in Moabit, in der Nähe der Firma. Hier gab es zwar keine Würste und kein Schlachthaus, aber ich war trotzdem in meinem Element. Sowohl im Job als auch im Nachtleben von Berlin, in das mich meine Mitbewohner einführten. Ich hatte einiges nachzuholen, am Anfang kam ich mir vor wie ein Landei.

Mein Chef hatte auch eine Tochterfirma in den USA, so dass ich als Koordinator international nach sechs Monaten eine erstaunlich gut dotierte Festanstellung bekam. Ich stürzte mich kopfüber in den Job und konnte mir bald eine schöne Wohnung in Charlottenburg leisten.

Meine Schwester sah ich selten, wir trafen uns zu Weihnachten und Ostern zu Hause auf dem Hof, und ab und an kam Amanda mich in Berlin besuchen.

Sie lebte quasi in Hotels, heute Paris, morgen Miami, Amanda war immer unterwegs. Wenn wir uns trafen, war sie immer ganz aufgedreht. Ich kam sehr schnell dahinter, dass meine kleine Schwester ihre Energie aus einem weißen Pulver bezog, mit dem sie sich heimlich auf der Toilette die Nase puderte.

„Bist du jetzt glücklich?", habe ich sie gefragt.

„Was denkst du denn?", war ihre Antwort.

Sie kam mir ein wenig rastlos vor, nicht geerdet, ohne Wurzeln.

Dann lernte ich Leander von Wolfrathshausen kennen. Er war das genaue Gegenteil von mir. Er war unpraktisch, musisch begabt, ein Künstler und Freigeist. Leander hatte nichts von dem, was mir wertvoll erschien: Ihm fehlte jegliche Struktur, er hatte keinen Ehrgeiz, war total undiszipliniert, konnte tagelang faul auf dem Sofa liegen und nichts Sinnvolles tun. Leander war sich selbst genug. Ich war fasziniert. Er war in einem renommierten Büro als Architekt angestellt, aber eigentlich wollte er lieber als Bildhauer arbeiten.

Dabei ging es ihm nicht um Ruhm oder Ehre, es interessierte ihn gar nicht, sich als Bildhauer einen Namen zu machen. Er arbeitete einfach gern mit harten Materialien. Es war, als zöge alles Harte ihn an. Er probierte alles Mögliche aus: Marmor, Eisen, Polyester, Hauptsache, das Material widersetzte sich seinen Vorstellungen. Wenn Leander in seiner Werkstatt in einem Schuppen in Lichtenrade war, dann war er glücklich.

Wir heirateten knapp ein Jahr, nachdem wir uns kennengelernt hatten. Mein Vater schenkte uns zur Hochzeit die Wohnung am Kollwitzplatz, er fand das eine „exzellente Geldanlage".

Er schien überglücklich darüber zu sein, dass ich mein Zuhause in Berlin gefunden hatte und nicht mehr in sein Unter-

nehmen einsteigen wollte. Gespräche über seine Nachfolge im Unternehmen verbat er sich energisch, schließlich war mein Vater in seinen Fünfzigern und dachte nicht im Traum daran, aufzuhören. Wenn wir zu den Feiertagen nach Hause fuhren, war dort nie eine Freundin, nur Frau Ewert, seine Haushälterin. Ich habe mich oft gefragt, wie mein Vater allein auf diesem riesigen Hof leben konnte. Ihm schienen sein Betrieb, die sonntägliche Jagd und sein morgendliches Schwimmen genug zu sein. Und doch war ich davon überzeugt, dass er irgendwo ein Spusi hatte, wahrscheinlich eins, das es schon zu Mutters Zeiten gegeben hat.

Auf meiner Hochzeit lernte Amanda Tanos El-Halabi kennen. Toni, wie wir ihn nannten, war seit der Schule Leanders bester Freund. Toni und Amanda haben sich Hals über Kopf verliebt, Amanda kam immer öfter nach Berlin und zog schließlich mit Sack und Pack in Tonis Haus in Zehlendorf ein.

Endlich hatte ich meine Schwester wieder in der Nähe, wir trafen uns regelmäßig zu viert. Knapp ein Jahr nach meiner Hochzeit mit Leander verkündete Amanda zu Ostern in Versmold, dass Toni und sie heiraten wollten. Mein Vater sagte keinen Ton, ich sah an seinen verkniffenen Lippen, dass es in ihm brodelte.

„Was denkst du über Amanda und Toni?“, fragte ich ihn deshalb am Telefon, als wir wieder in Berlin waren.

„Wenn die beiden heiraten, werde ich Amanda enterben. Ich will nicht, dass aus meiner Firma eine verdammte Dönerbude wird!“

Ich war baff. Er hatte sich also doch über seine Nachfolge in der Firma Gedanken gemacht und offensichtlich auf einen geeigneten Schwiegersohn gehofft. Tanos El-Halabi hatte aus eigener Kraft einen gut gehenden Gastroservice aufgebaut. Eigentlich hätte Toni ein idealer Schwiegersohn für meinen Vater sein müssen, auch wenn er als Muslim vielleicht nicht so geeignet war für die Produktion von Schweinswürsten.

Aber dafür hatte mein Vater schließlich mich. Und über Leanders Beruf und seine künstlerischen Ambitionen hatte er sich auch nicht lustig gemacht, im Gegenteil, er brachte meinem Angetrauten große Sympathie entgegen, wie man schon an dem überaus großzügigen Hochzeitsgeschenk sehen konnte.

Amanda hat über Vaters Bedenken nur gelacht. „Was interessiert mich deine Schweinefabrik, Papi, ich brauche weder deine Fabrik noch Geld und Toni braucht das ebenso wenig."

Und so heirateten Amanda und Toni. Toni war nicht unbedingt ein gläubiger Muslim, und Amanda hatte das letzte Mal bei ihrer Kommunion eine Kirche von innen gesehen. Sie schlossen nach Beratung durch einen Anwalt einen notariellen Ehevertrag ab, der auch von muslimischem Recht anerkannt wird. Dann heirateten die beiden auf dem Standesamt in Berlin und wurden noch am selben Tag von einem Imam getraut. Leander und ich fungierten als Trauzeugen. Mein Vater weigerte sich, die Hochzeitsfeier zu bezahlen, wie es eigentlich die Tradition vorschreibt. Das war allerdings auch nicht notwendig, Amanda konnte selbst für die Kosten einer Riesenparty in Berlin aufkommen.

In Tonis Kreisen war eine aufwendige Hochzeitsparty Pflicht. Da waren nicht nur seine zahlreichen Verwandten, die irgendwann aus dem Libanon nach Deutschland gekommen waren, sondern auch seine Gastrokunden, von denen die meisten aus dem muslimischen Kulturkreis stammten, die eine Party nach alter libanesischer Tradition erwarteten.

Amanda genoss die ganze Zeremonie, es kam mir vor, als ob sie das Ganze nur für unseren Vater inszeniert hatte.

„Von muslimischen Enkeln habe ich schon immer geträumt", sagte mein Vater zu mir auf der Feier. Er war wirklich sauer.

Aber Toni und Amanda waren glücklich. Zumindest am Anfang. Wir verbrachten viele gemütliche Abende mit den beiden und fuhren sogar ein paarmal mit ihnen in den Urlaub oder zu einem verlängerten Weekend in Wellness-Resorts am Meer oder in den Bergen.

Ich ließ den Brief sinken. Es hörte sich fast an wie ein Happy End. Die beiden Schwestern waren mit zwei Freunden verheiratet, lebten ein gut situiertes Leben in Berlin, fernab ihrer belasteten Kindheit und der Kleinstadt Versmold.

Vielleicht sollte ich das Buch mit einer Szene beginnen lassen, in der Vanessa, Amanda, Tanos und Leander in Vanessas Wohnung beim Dinner zusammensitzen und lachen. Es schienen glückliche, unbeschwerte Momente gewesen zu sein.

Ich mag es, Bücher harmlos beginnen zu lassen, mit Situationen, in die man sich so richtig einkuscheln kann. Auf meinem Schreibtisch hatte ich einen Ausdruck von einem Instagram-Foto, das Amanda in Vanessas Küche gemacht hatte. Ich ging hinüber und suchte in meinen Ausdrucken das Bild.

Neben meinem Schreibtisch hing ein Magnetboard. Ich nahm nun alle Überbleibsel meines letzten Buches ab. Amandas Bild in Vanessas Küche war das erste meines neuen Projekts und fand dort an exponierter Stelle seinen Platz.

Vanessas Küche war schlicht, aber beeindruckend. Es gab eine Küchenzeile aus gebürstetem Stahl quer durch den Raum, Gaggenau, würde ich wetten. Davor stand ein langer, alter Holztisch mit deutlichen Gebrauchsspuren, das Ding schien aus einem uralten Bauernhaus seinen Weg in das Penthouse in Prenzlberg gefunden zu haben. Drei tief hängende Industrielampen beleuchteten den Tisch. Um ihn herum standen Designerstühle unterschiedlichster Provenienz. Das Ensemble wurde ergänzt durch eine moderne Stahlskulptur, die über einem Marmorsockel zu schweben schien. Wie hatte Vanessa geschrieben? Der Bildhauer Leander liebte harte Materialien. Zumindest schien er als Bildhauer nicht unbegabt zu sein, die Skulptur würde ich mir auch freiwillig in die Wohnung holen. Auf der rechten Seite des Fotos führte eine freistehende Treppe ins Obergeschoss.

Mal sehen, wie es weiterging mit der Geschichte von Vanessa und Amanda. Bis jetzt hatte ich zwar einen ganz guten Einblick in das Leben von Vanessa erhalten, aber die Persönlichkeit von Amanda hatte sie mir noch nicht offenbart. Wie kam Amanda mit ihrem Leben in einer muslimischen Familie zurecht?

Ich kehrte zurück zu meinem Lehnstuhl und knipste die Stehlampe an, da es sich draußen zugezogen hatte und der

April mal wieder zeigte, dass er unberechenbar war. Die nächsten Seiten beschäftigten sich mit dem Verhältnis der beiden Schwestern zu ihrem Vater.

Als Amanda und Toni sich kennengelernt hatten, lebte Toni schon in seinem Haus in Zehlendorf. Papa hatte nicht nur die Hochzeit meiner Schwester nicht bezahlt, sondern den beiden auch keine Wohnung zur Hochzeit geschenkt. Allerdings hatte er eine weitere Wohnung in unserem Haus in der Wörther Straße gekauft und sie auf den Namen von Amanda eintragen lassen.

„Du kannst die Wohnung vermieten und hast Einnahmen, auch wenn du nicht mehr als Model arbeiten kannst. Kann man ja schließlich auch nicht sein ganzes Leben lang machen, bist ja auch nicht mehr ganz taufrisch", hatte er gesagt. „So bleibst du unabhängig von deinem arabischen Hengst."

Das hat er wörtlich so gesagt.

Amanda hat unseren Vater nur ausgelacht. Es war wohl das Beste, was sie tun konnte, sie hat ihn damit mehr verletzt, als wenn sie geweint und gebettelt hätte.

Ich bewunderte Toni. Er nahm die Anfeindungen unseres Vaters mit Gelassenheit und Humor. Amanda nahm ihn zweimal im Jahr mit nach Versmold: zu Weihnachten und zu Ostern. Toni und Leander verzogen sich tagsüber und ließen Amanda und mich mit unserem Vater allein.

Weihnachten vor zwei Jahren hatte Amanda sich etwas besonders Perfides ausgedacht: Sie erzählte, dass sie schwanger sei. Die Ängste meines Vaters schienen sich zu erfüllen,

Amanda dozierte beim Abendbrot genüsslich über die Pflichten der Ehefrau eines Muslims: Während Toni angeblich dazu verpflichtet war, sie regelmäßig in eine katholische Kirche zu fahren, war sie verpflichtet, ihre Kinder im muslimischen Glauben zu erziehen. Papa litt Höllenqualen, Amanda und Toni prosteten sich mit Rotwein zu, und Toni ließ sich eine weitere Scheibe vom Schweinebraten geben, den mein Vater extra servieren ließ, wenn sein muslimischer Schwiegersohn zu Besuch kam.

Ich wusste die ganze Zeit, dass Amanda ihre Schwangerschaft nur vorgetäuscht hatte, sie wollte keine Kinder, jedenfalls nicht, solange sie als Model arbeiten konnte, also so in etwa die nächsten zehn Jahre. Und darin waren sich Toni und Amanda absolut einig. Toni war rasend stolz auf seine schöne, erfolgreiche Frau, in deren Glanz und Erfolg er sich sonnte.

An diesem Weihnachtsabend vor zwei Jahren fragte mein Vater mich dann auch: „Du bist doch als Erste dran, wieso habt ihr mir eigentlich noch keine Enkel geschenkt? Läuft bei euch nichts im Bett, oder was?“

Fast hätte ich den Rotkohl über den Tisch geprustet, den ich mir gerade in den Mund geschoben hatte. Nichts schreckte meinen Vater mehr als Kinder, Enkel als Geschenk zu bezeichnen, war also der reinste Zynismus. Leander und ich warfen uns einen belustigten Blick zu. Auch wir beide waren uns darin einig, dass die Sache mit den Kindern noch ziemlich viel Zeit hatte, wenn überhaupt. Leander bestand nicht auf Kinder. Wenn du welche willst, okay, aber wenn nicht, ist das auch in Ordnung, hatte er gesagt. Klar hatten wir das vor der Hochzeit geregelt.

Ich sah mich einfach nicht als Mutter, vielleicht weil mir selbst eine Mutter fehlte, beziehungsweise das, was ich mir unter einer Mutter vorstellte.

Natürlich hatte ich meinen Traum nicht aufgegeben, eines Tages die Firmen meines Vaters weiterzuführen. Bis dahin wollte ich lernen, lernen, lernen. Und Karriere machen, was mir bei dem Berliner Tiefkühlproduzenten nicht schwerfiel. Ich war inzwischen zur Vertriebsleiterin aufgestiegen und hatte über die internationale Koordination der Produktion hinaus Erfahrungen mit dem deutschen Lebensmitteleinzelhandel machen dürfen. Erfahrungen, die mir eines Tages sehr zugutekommen würden.

Wir trennten uns in Unfrieden. Obwohl wir nie so richtig glücklich waren, wenn wir Versmold verließen – dieses Weihnachtsfest war eine Zumutung für uns alle gewesen. Als wir vollkommen bedient in unsere Autos stiegen und hinter der nächsten Kreuzung erst mal kräftig geschrien hatten, ahnten wir noch nicht, dass es unser letztes gemeinsames Fest gewesen war.

Im Februar hatte mein Vater einen Autounfall. Amanda verließ sofort das Set in London, wo sie gerade zu tun hatte, und ich fuhr wie der Henker nach Versmold. Papa war in der Kurve auf einer vereisten Straße ins Schleudern geraten und frontal auf einen Laster geknallt. Ironischerweise war es ein Tiefkühllaster seines eigenen Unternehmens.

Sechs Tage haben wir bei Papa im Krankenzimmer gesessen und abwechselnd seine Hand gehalten. Wir haben mit ihm gesprochen. Wir haben ihm abwechselnd vergeben. Ich habe ihm vergeben, dass er mich nie als vollwertig angesehen und mir in seinem Betrieb keine Chance gegeben hat, obwohl ich alles für ihn getan hatte, was er verlangte, und Amanda hat ihm verziehen, dass er sie missbraucht hat.

Erst dadurch habe ich erfahren, dass Papa Amanda seit ihrem vierten Lebensjahr regelmäßig missbraucht hatte. Und ich hatte gedacht, dass ich auf meine kleine Schwester aufgepasst hätte. Eine Welt brach für mich zusammen.

Aber Papa hörte unsere Vergebung nicht mehr, er erwachte nicht mehr aus dem Koma. Am sechsten Tag haben die Ärzte die Maschinen abgeschaltet.

Ich ließ die Seiten sinken. Irgendwie hatte ich es geahnt, dass in dem Verhältnis zwischen Amanda und ihrem Vater etwas nicht stimmte. Wie furchtbar mussten diese Tage für die beiden Frauen am Krankenbett ihres Vaters gewesen sein. Ich spürte, dass Vanessa ihren Vater trotz allem liebte und er für sie das Maß aller Dinge war, während Amanda keine Gelegenheit ausgelassen hatte, sich an ihrem Vater zu rächen. Die nächsten Seiten bestätigten meine Vermutungen. Vanessas Erinnerungen fasste ich in meinem vorläufigen zweiten Kapitel zusammen.

Vanessa. Die wahre Geschichte 2: Papas Tod

Die Tage rund um Papas Tod liegen für mich wie im Nebel, und das lag nicht nur an den Nebelbänken, die morgens rund um unseren Hof aus den Feldern stiegen. Die ganze Situation hatte etwas Unwirkliches.

Wir organisierten die Beerdigung, aber auch das wurde uns von Stadt und Betriebsrat, von Jagdverein und Geschäftsleitung mehr oder weniger aus der Hand genommen. Amanda und ich konnten unseren Vater nicht still beisetzen, dazu war mein Vater eine viel zu bedeutende Persönlichkeit in der Stadt und im Land gewesen.

Wir hatten keine Ahnung, was sein Letzter Wille in Bezug auf die Beerdigung war. Wir hatten nie darüber gesprochen. Warum auch? Auch unser Hausanwalt und Notar, Dr. Frieder Nordmeyer, der alle Firmengründungen, Grundstücksgeschäfte oder Immobilienkäufe beglaubigt hatte, hatte keine Idee, wie mein Vater bestattet werden wollte. Frau Liesegang, Papas Sekretärin, hatte eine einfache Erklärung für die fehlenden Anweisungen im Falle von Papas Ableben gefunden: „Ihr Vater hielt sich für unsterblich."

Also gab es eine große Beerdigung. Mit vielen Trauergästen, mit unzähligen Beileidsbekundungen und noch mehr Lügen, allen voran vom Pastor.

Amanda und ich standen dabei, als ginge uns das alles nichts an. Hatte unser Vater ein Leben, von dem wir nichts wussten, eine Freundin vielleicht, der er alles hinterlassen hatte? Zuzutrauen war es ihm jedenfalls.

Dr. Frieder Nordmeyer, mit dem er jahrelang zur Jagd gegangen war, war so etwas wie Papas Vertrauter gewesen. Richtige Freunde hatte mein Vater nicht. Onkel Frieder, wie wir ihn als Kinder genannt hatten, sagte, wir sollten uns keine Sorgen machen. Unser Vater hatte ein Testament bei ihm hinterlegt. Allerdings wisse er natürlich nicht, ob es sein wirklich Letzter Wille sei, wir müssten auf jeden Fall einen Erbschein beantragen.

Papa hatte keine Geschwister, also waren Amanda und ich die Alleinerben. „Allerdings mit einer Einschränkung“, bereitete uns Onkel Frieder auf Papas Testament vor, „Amanda erbt nur, wenn sie von Tanos El-Halabi geschieden ist. Sonst stellen wir irgendwann noch Döner her, hat euer Vater gesagt. Natürlich steht Amanda ihr Pflichtteil zu.“ Sie müsse dann gegebenenfalls ihren Anspruch darauf mir gegenüber geltend machen. Er riet mir, Amanda diesen Pflichtteil großzügig zu gewähren, da er einklagbar sei.

Während sich Amanda um den Hof kümmerte, fuhr ich zu einer ersten Sondierung in die Fabrik. Ich war seit Jahren nicht mehr hier gewesen. Papas Sekretärin führte mich herum.

„Was soll denn jetzt aus mir werden?“, fragte sie mich.

„Frau Liesegang, Sie brauchen sich wirklich keine Sorgen zu machen. Sie brauche ich am dringendsten, schließlich wissen Sie über alles Bescheid, was hier in den letzten fünfundzwanzig Jahren passiert ist." Die Liesegang sah mich erschreckt an. Ich schätze, die Aussicht auf eine so viel jüngere Chefin irritierte sie.

Frau Liesegang wusste tatsächlich über alles Bescheid. Sie rief die Geschäftsleitung zusammen, nicht nur von der Fleischfabrik, sondern auch vom Schlachthof, von dem Kühlzentrum, von der Spedition, von all den Firmen, die mein Vater im Laufe seines Lebens entweder übernommen oder gegründet hatte.

Im obersten Stockwerk hatte mein Vater einen Konferenzraum eingerichtet, ich war dort noch nie gewesen. Die Büroräume hatten mich nicht interessiert, ich hatte mich stets unten in der Produktion zu Hause gefühlt.

Der Konferenzraum bot eine atemberaubende Aussicht auf die wunderschöne Umgebung: Unter dem Nebel sah man Wiesen, Felder, verstreut Höfe und Wälder schimmern und die Dächer von Versmold. In der Mitte des Konferenzraums stand ein riesiger Tisch aus Kirschbaumholz, ich bekam spontan Lust, darauf Rollschuh zu laufen.

Und dann kamen sie alle. Mehr als fünfundzwanzig Menschen nahmen rund um den Konferenztisch Platz, Gesichter, die ich zum ersten Mal auf der Beerdigung gesehen hatte.

Papa, dachte ich, *was hast du mir angetan, warum hast du mich nicht schon vor Jahren hier eingeführt?* Es gab außer Frau Liesegang keine einzige Frau an der Spitze der Unternehmungen meines Vaters. Die Liesegang hatte mir ein

Organigramm gegeben, aus dem ersichtlich war, wer wo was zu sagen hatte. Ich hatte darum gebeten, dass sie gut lesbare Tischschilder mit den Namen und der Funktion des Betreffenden aufstellte.

Ich sagte unseren Mitarbeitern, dass vorläufig alles so weiterlaufe wie bisher. Dass ich mir erst einmal einen Überblick über alle Unternehmensbereiche verschaffen müsse und sie dabei um Mithilfe bäte. Einigen Herren sah man deutlich an, dass sie an dieser Nachricht schwer zu schlucken hatten.

Toni und Leander waren sofort nach der Beerdigung wieder abgereist und hatten uns zwei mit Frau Ewert, der Haushälterin, allein gelassen.

Am Abend saßen wir in dem riesigen Wohnzimmer, das früher einmal die Tenne unseres Hofes gewesen war. Von den Wänden blickten Rehe, Füchse und Hirsche auf uns herab, die unsere Vorfahren geschossen hatten. Dazwischen zierten Werkzeuge, wie man sie früher auf einem Bauernhof zur Bestellung der Felder genutzt hat, die weiß gekalkten Wände.

Frau Ewert hatte Feuer im Kamin gemacht. Jede von uns beiden hatte sich in eine Ecke der mit Gobelinstoff bezogenen Sofas verzogen, die den Kamin rechts und links flankierten. Amanda wirkte ganz verloren in ihrer Sofaecke, in ihrem Bademantel sah sie aus wie ein kleines Mädchen. Papas kleines Mädchen.

Uns war beiden klar, dass wir weder den Hof noch die Firma sich selbst überlassen konnten, bis der Erbschein uns offiziell unseren rechtmäßigen Besitz übertragen würde.

Auch über die Arbeitsteilung bestand Einigkeit: Amanda war für die Finanzen zuständig, für die Konten, die Aktien, die Immobilien und was Papa sonst noch für Geldanlagen getätigt hatte, und ich würde mich um die Firmen kümmern. Mein Traum schien wahr zu werden, so viel früher, als ich gehofft hatte. Ich würde Vaters Imperium leiten und vergrößern.

„Du kannst ja schlecht von Berlin aus hier übernehmen", sagte Amanda.

Das hatte ich allerdings auch gar nicht vor. Ich würde selbstverständlich zurück in mein Elternhaus ziehen. Leander brauchte nicht mehr in seinem ungeliebten Job als Architekt zu arbeiten. Auf dem Hof gab es mehr als genügend Platz für seine Plastiken und Skulpturen, von mir aus würde ich sogar das gesamte Schwimmbad dafür zuschippen lassen.

„Gut", sagte Amanda, „dann hätten wir ja schon mal einen Käufer für den Hof gefunden."

Ich verstand zunächst nicht, was sie meinte.

„Du kaufst mir einfach meinen Anteil ab", sagte sie. „Ich will den Hof nämlich ganz und gar nicht behalten."

Auf den Gedanken, dass Amanda ernsthaft in Erwägung gezogen hatte, den Hof, der seit Jahrhunderten in Familienbesitz war, zu veräußern, erschreckte mich.

Der Hof gehörte zu uns, war Teil unserer Identität, die stilisierte Vorderansicht des großen Fachwerkbaus mit den gekreuzten Pferdeköpfen, Rossgoschen genannt, waren das Firmenlogo der Fleischfabrik und zierten alle unsere Verpackungen.

„Verstehst du denn nicht, dass ich nichts, was mich an Vater und meine verkorkste Kindheit erinnert, behalten will?", sagte sie zu mir.

Doch, natürlich verstand ich das, nach dem, was ich am Krankenbett unseres Vaters gehört hatte.

„Wieso", so fragte ich sie, „hast du mir all die Jahre nie davon erzählt, was Papa mit dir gemacht hat?"

„Was hättest du tun können? Du warst doch viel zu sehr damit beschäftigt, ihm zu imponieren."

Ich musste schlucken. Hatte sie recht? Auf jeden Fall habe ich nichts gemerkt. Oder merken wollen? Deshalb sagte ich ihr zu, dass wir einen Immobiliensachverständigen kommen lassen würden, der den Kaufpreis des Hofes inklusive der Ländereien ermitteln würde, so dass ich ihr einen fairen Anteil auszahlen konnte. Natürlich erst, wenn wir als rechtmäßige Erben darüber verfügen konnten.

Wir gingen damals beide davon aus, dass genügend finanzielle Reserven für ein solches Geschäft vorhanden sein würden.

„Und was sagt Leander dazu?", fragte mich meine Schwester. Ich hatte mit ihm noch gar nicht gesprochen, ich ging ganz selbstverständlich davon aus, dass er lieber heute als morgen seinen Job an den Nagel hängen wollte.

„Bist du sicher, dass Toni nicht auf die Fabriken zugreifen möchte?", fragte ich meine Schwester, immerhin würde auch der Pflichtteil des Erbes ein erhebliches Vermögen ausmachen.

„Selbstverständlich wird er das wollen. Aber es gab von Anfang an nie den Hauch eines Zweifels, dass Papa mich im Falle einer Hochzeit mit Toni enterben würde. Mach dir keine Sorgen, er wird sich da raushalten. Du kannst die Firmen so führen, wie du es für richtig hältst, das ist schließlich dein erlernter Beruf. Toni ist außen vor, wir haben einen Ehevertrag, der das regelt.“

Papa hatte auch gesagt, dass Amanda, sollte sie sich von Toni scheiden lassen, wieder als Erbin eingesetzt werden würde. Er hatte nichts unversucht gelassen, sein Lieblingskind zurückzubekommen.

An diesem Abend haben wir das erste Mal offen über unsere Ehen gesprochen. In den letzten Jahren waren wir niemals mehr zu zweit gewesen, Toni und Leander waren immer dabei.

Amanda gestand mir, was ich schon lange vermutet hatte, nämlich, dass sie Toni in erster Linie geheiratet hatte, um unseren Vater zu bestrafen. „Toni war Papas Super-GAU“, sagte sie. „Ich gehe seit Jahren meine eigenen Wege, ebenso wie Toni.“

„Du hast einen Liebhaber?“

Amanda lächelte nur. „Und du?“, fragte sie. „Was ist mit Leander? Du dominierst ihn, weißt du.“

Natürlich wusste ich, dass ich in unserer Ehe, wie man so schön sagt, die Hosen anhatte. Ich bin nun mal eine Alpha-Frau. Und Leander war eben Leander.

„Wieso hast du ihn geheiratet?“, fragte sie mich.

Ich weiß noch, dass ich in das knisternde Feuer schaute und nach einer Antwort suchte. Wieso hatte ich Leander geheiratet? Damals hatte ich es für Liebe gehalten. Aber vielleicht war mein Motiv dem meiner Schwester gar nicht so unähnlich. Ich musste meinen Vater nicht schockieren. Aber ich habe mir einen Mann ausgesucht, der sozusagen die kleinstmögliche charakterliche Ähnlichkeit mit meinem Vater hatte. Das Einzige, worin die beiden sich ähnlich waren, war ihr Geschlecht. Oder habe ich ihn geheiratet, weil er einfach keine Konkurrenz für meinen Vater war?

Am Krankenbett meines Vaters hatte ich verstanden, dass mein Vater für mich die wichtigste Person meines Lebens war, jeder Mann, der nicht so ein starkes Ego hatte wie er, war für mich eigentlich gar kein richtiger Mann. War Leander in meinen Augen kein richtiger Mann? Hatte ich vielleicht durch die Erziehung meines Vaters geglaubt, keinen richtigen Mann zu verdienen? Oder hatte ich durch die Leiden meiner Mutter gelernt, wohin ein „richtiger Mann" führte? Hatte ich Angst vor dem, was ich für einen „richtigen Mann" hielt?

„Du hältst Leander für einen Schlappschwanz?" Ich sprach das Wort ganz bewusst aus.

„Ich würde ihn einen hübschen, charmanten Bonvivant nennen", sagte Amanda. „Wir Baerwald-Mädchen leisten uns eben unsere Männer."

„Wie ist das mit Toni? Wie kommst du mit seiner Familie klar? Schließlich stammen sie aus einem ganz anderen Kulturkreis."

Amanda lachte. „Wir sind ziemlich gut im Theaterspielen. Wenn Familienfeste sind, dann ist Toni ganz der liebe Junge und ich die brave Ehefrau. Bestimmte Sachen gehen einfach nicht, wenn die Sippe vereint ist. Ich halte mein Schandmaul, wir trinken nur Tee und essen kein Schweinefleisch. So einfach ist das."

„Es wundert mich, dass sie deine Arbeit als Model akzeptieren."

„Wenn ich ihre Tochter wäre, hätten sie mich wahrscheinlich entführt und ganz weit weg zwangsverheiratet oder so was. Aber da ich ja andersgläubig bin, stelle ich für sie so etwas wie die Stimme aus ihrer neuen Welt dar. Sie sind stolz auf Tonis Erfolg, und dass er es als Krönung seines Erfolges geschafft hat, ein international erfolgreiches Model zu ehelichen, ist für sie akzeptabel. Hätte ich aber deinen Beruf und hätte im Geschäftsleben Karriere gemacht, wäre ich indiskutabel, verstehst du."

Ich nickte. Ja, ich verstand. Wer so aussieht wie Amanda, braucht kein Abitur, hatte mein Vater gesagt. Und ich hatte mich bemüht, zu dem Sohn zu werden, den mein Vater sich so gewünscht hatte. Dafür bekam ich keine Anerkennung, und Amanda bekam für ihr Aussehen mehr Zuwendung, als sie ertragen konnte.

An diesem Abend in Versmold waren Amanda und ich uns so nah wie nie zuvor. Es gab nur noch uns beide, die zwei Baerwald-Mädchen, die den Rest ihres Lebens mit einer ziemlich schrägen Prägung leben mussten.

„Vanessa", sagte meine Schwester, „ich brauche deine Hilfe."

Vanessa. Die wahre Geschichte 3: Zurück in Berlin

Wir beschlossen, die Zeit, die verblieb, bis wir endlich einen Erbschein hatten, in Berlin zu verbringen. Die Finanzen konnte Amanda auch in Berlin kontrollieren, und ich musste meinen Job kündigen und die Wohnung auflösen.

Natürlich war ich mit den Gedanken bereits in Versmold. Vom Finanzchef hatte ich mir Einblick in die Bücher erbeten, ich hatte die Bilanzen der letzten fünf Jahre angefordert. Das würde mich die nächsten Wochen oder vielleicht sogar Monate beschäftigt halten. Frau Ewert würde den Hof für uns versorgen und einen Immobiliensachverständigen herumführen, damit Amanda ein faires Kaufangebot gemacht werden konnte.

Es gab so viel zu tun, Amanda und ich fuhren beschwingt nach Berlin zurück, jede von uns würde in Zukunft ihr Leben so leben können, wie sie es wollte, und nicht im Hinblick auf unseren Vater. Eine Last war von unseren Schultern gefallen.

Was ich nicht vorausgesehen hatte, waren meine Schwierigkeiten mit Leander. Als ich mit ihm bei einer Flasche Champagner unsere Zukunft besprechen wollte, rastete mein Angetrauter aus.

„Werde ich hier eigentlich auch noch mal gefragt?“, schrie er mich an.

Erschreckt schaute ich ihn an, so hysterisch hatte ich Leander noch nie erlebt.

„Du glaubst doch nicht etwa, dass ich in dieses Kuhdorf ziehe?“

„Schweinedorf, wenn schon, denn schon“, gab ich zurück.

„Ob Kühe oder Schweine, der Gestank ist unerträglich.“

„Du bist ungerecht, da stinkt nichts“, gab ich zurück.

„Es stinkt zum Himmel, die ganze Gegend!“

„Ja, wenn die Bauern die Gülle ausbringen, aber sonst …“

„Du Landpomeranze riechst das nicht mal mehr“, schrie er. „Ich brauche die Großstadt! Bevor ich nach Versmold gehe, ziehe ich lieber nach Wladiwostok.“

„Wie kommst du auf Wladiwostok?“, fragte ich entgeistert.

„Hör mal, Vanessa, ich brauche eine Metropole zum Leben, ich brauche die Inspiration, die Theater, die Museen, die Kneipen, die Restaurants, die Menschen aus aller Welt, die verschiedenen Milieus, den Dreck, die Ästhetik, die Architektur. In einer Kleinstadt gehe ich ein wie eine Primel ohne Wasser.“

„Aber du liebst es doch, dich in deine Werkstatt zurückzuziehen?“

„Ja, um mich zurückzuziehen für die Arbeit, aber ich brauche die Inspiration. Denkst du denn, dass Fleischfabriken und Bauernhöfe mich inspirieren?“

„Du kannst doch in die ganze Welt reisen“, sagte ich.

„Außerdem dachte ich immer, dass du deinen Job nicht leiden kannst."

„Ich hasse meinen Job. Weil ich diesen uninspirierten Laden und diesen Vollpfosten von Chef verachte! Bei denen geht es nur um Geld. Profit, Profit, und noch ein Zimmerchen reinquetschen, Hauptsache, die Geschossfläche ist optimal genutzt. Schönheit, Ästhetik, Bleibendes, all das, wofür ich mal den Beruf gewählt habe, ist bei denen auf der Strecke geblieben. Ja, ich hasse den Laden, da hast du ganz recht."

„Warum hast du dann nicht einen eigenen aufgemacht?", fragte ich.

„Weil Schönheit und Ästhetik heute nicht mehr gefragt sind. Deshalb. Ich muss doch von irgendetwas leben."

„Aber jetzt brauchst du nicht mehr zu arbeiten, du kannst dich ganz und gar deiner Kunst widmen", sagte ich kopfschüttelnd. Ich verstand diesen Mann einfach nicht.

„Kunst, mein Herz, kommt von Können. Ich kann nicht im Schweinestall deines Vaters. Das ist die schlichte Wahrheit."

„Aber du würdest deinen Job gern aufgeben und nur noch künstlerisch tätig sein?"

„Nein, verdammt, ich würde gern schöne Häuser bauen, gepflegt essen gehen, mich mit Freunden treffen, nachts durch die Clubs ziehen, mir die neusten Inszenierungen in der Oper oder im Theater anschauen oder zu Filmpremieren eingeladen werden. Und mich am Wochenende in meinem Atelier entspannen. Ich will leben! Leben, verstehst du! Meine Zukunft liegt nicht in Schweinswürsten."

Ich stand auf und ging ins Bett. Diese Argumente musste ich erst mal verdauen. Am nächsten Morgen fragte ich ihn, ob er sich scheiden lassen wolle.

„Nein!“, schrie er, knallte die Kaffeetasse auf den Tisch und verließ türknallend das Haus.

Er ließ mich ratlos zurück. Ich war mir so sicher gewesen, dass er mir gern nach Versmold folgen würde. Außerdem war mir nicht klar gewesen, dass er so versessen war auf unsere gelegentlichen Theaterbesuche oder auch auf die vereinzelten Besuche von Clubs oder Partys an den Wochenenden. Das wilde Nachtleben Berlins hatten wir schon Jahre hinter uns gelassen, natürlich gingen wir fast jeden Abend essen, wir hatten fünf oder sechs Stammrestaurants in der Umgebung, wo wir uns wohlfühlten. Das also war für Leander so wichtig, dass er mir nicht folgen wollte, wenn es um die Erfüllung meines Lebenstraums ging.

Ich rief Amanda an. Sie hatte ebenfalls gerade Krach mit Toni. Ihr Ehemann sei wie erwartet nicht damit einverstanden, dass sie sich aus Papas Betrieben heraushielt und mir die Kontrolle überließ. Ich atmete einmal heftig durch. Papa, dachte ich, Papa hat es gewusst. „Ich dachte, ihr habt einen Ehevertrag“, wandte ich ein.

„Haben wir auch, aber Toni meint, dass du seine Hilfe bei der Leitung der Betriebe sehr gut brauchen könntest.“

Mein Nein war dem meines Ehemanns am Morgen nicht unähnlich.

„Er soll sich raushalten, habe ich gesagt, er hat von Anfang an gewusst, dass Papa mich wegen unserer Ehe testamentarisch enterbt hat.“

„Na eben", sagte ich. „Und was ist mit dem Ehevertrag?"

„Der regelt, dass er nicht auf mein während der Ehe erworbenes Vermögen und ich nicht auf seines zurückgreifen kann, falls wir uns trennen."

„Na also", sagte ich.

„Wir sind aber verheiratet, Schätzchen", sagte Amanda. „Und solange kann ich auf seines und er auf mein Vermögen zugreifen. Also auch auf meinen Pflichtteil. Und Toni drängt mich jetzt dazu, auf diesen umgehend Anspruch anzumelden."

Das Blut rauschte mir in den Ohren, ich war kurz vor einer Ohnmacht. So sehr ich Toni mochte, ich hatte definitiv keine Lust, meine Vorstellung von Unternehmensführung mit ihm zu diskutieren.

„Kann ich wirklich auf deine Hilfe zählen?", fragte sie kleinlaut.

„Das habe ich dir doch schon in Versmold gesagt, du kannst dich hundertprozentig auf mich verlassen."

„Dann gibt es jetzt kein Zurück mehr. Ich kann nicht mehr länger warten", sagte sie.

Gedanken zum Feierabend

Ich las mir noch einmal durch, was ich geschrieben hatte. Obwohl Vanessa nicht in einer einzigen Zeile Selbstmitleid hatte durchblicken lassen, merkte ich, dass ich beim Schreiben mit den beiden Frauen mitgelitten hatte. Was für eine armselige Jugend, dominiert von einem Egomanen, der jeden Menschen neben sich emotional zu ersticken schien.

Mir kam in den Sinn, dass er das wahrscheinlich genossen hat. Vielleicht hatte ihn der Gedanke amüsiert, dass seine beiden Töchter bei einem Testament mit solchen Bedingungen nach seinem Ableben straucheln mussten und sich vermutlich gegenseitig und ihre Ehemänner zerfleischen würden. Was für ein Arschloch! Er wollte auch nach seinem Tod noch das Leben seiner Töchter bestimmen. Wie konnte man nur so selbstbezogen und egoistisch sein.

Dabei fiel mir ein, dass auch mir morgen ja etwas passieren könnte und ich bis heute kein Testament gemacht hatte. Natürlich hatte ich nur eine Tochter, da gab es keine Frage wegen der Erbschaft, aber meine arme Tochter würde ganz schön zu tun haben, wenn sie endlich einen Erbschein hatte. Das ganze Rechtegedöns wäre eine Vollbeschäftigung, die sie kaum von Australien aus erledigen könnte. Ich rief Peter an und erläuterte ihm mein Anliegen.

Peter machte mit mir einen offiziellen Termin aus, in dem er mir ein Testament nach meinen Wünschen anfertigen sollte, das ich beim Nachlassgericht hinterlegen würde. Meine geliebte Tochter sollte es leicht haben. Danach rief ich meine Kleine an und erzählte ihr von meinem Vorhaben.

„Mensch, Mama, genau! Das ist es, was ich noch vergessen habe“, sagte sie lachend.

„Was?“

„Ein Testament zu machen?“

„Hä?“ Ich verstand nur Bahnhof.

„Na, kennst du das nicht, dass du in der Woche, bevor du in den Urlaub fährst, alles Mögliche und Unmögliche erledigst, was du seit Jahren vor dir herschiebst?“

„Ja, das kenne ich, geht mir genauso. Aber ich habe bisher wirklich kein Testament gemacht, weil ich dachte, mit einer einzigen Tochter sei eh alles geregelt.“

Ich berichtete ihr von den beiden Baerwald-Mädchen und dem merkwürdigen Testament.

„Mama, du bist so ein süßer Schnuckelschatz, dass du dir jetzt schon Gedanken um deinen Tod machst.“

Ich lachte. „Tod, Schätzchen, ist mein Geschäft! Und an dem habe ich so manche Rechte zu vererben. Ich will nicht, dass du über den Leisten gezogen wirst. Und was sind deine Reisevorbereitungen?“

Sarahs Neuseelandurlaub stand kurz bevor. „Frag bloß nicht. Im Moment sitze ich an der Steuererklärung. Eigentlich weiß ich gar nicht, was ich zuerst machen soll. Die Waschmaschine läuft im Stundentakt, und den Stapel meiner Bügelwäsche willst du nicht sehen."

Die Verwandtschaft mit meiner Tochter war nicht zu leugnen. Auch ich verfiel vor jeder großen Reise in Hektik, dabei war ich sonst gut organisiert.

Ich verabschiedete mich, druckte das zweite Kapitel aus und packte es in einen großen Umschlag. Ein kleiner Spaziergang zum Briefkasten würde mir guttun. Ich war gespannt, wie das Drama um Vanessa und Amanda weitergehen würde. Vor allem war ich gespannt auf die Antwort, wobei Amanda die Hilfe von Vanessa brauchte. Sie schienen einen Plan ausgeheckt zu haben.

Kaum war ich zu Hause, kam ein Anruf aus dem Knast. Vanessa wünschte, mich zu sehen.

Vanessas Warnung

Als ich Vanessa einige Tage später in diesem kühlen Begegnungsraum wieder gegenübersaß, fielen mir als Erstes die Schatten unter ihren eisblauen Augen auf.

„Haben Sie meine Textvorschläge bekommen?", fragte ich sie, denn ich wusste ja, dass es einige Tage dauerte, bis die Briefe an die Gefangenen weitergeleitet wurden.

„Ja, sind heute angekommen." Sie schwieg. Wie ich dieses Schweigen hasste. Ich wollte ihre Meinung dazu hören, aber sie schwieg sich aus. Das kannte ich inzwischen von ihr und ich biss mir auf die Zunge, um nicht eine Frage hinterherzuschieben.

Diesmal brach sie das Schweigen. „Ich wollte dich sprechen, bevor du die nächsten Seiten erhältst", sagte sie. Das Du war mir nicht entgangen. „Ich muss dich warnen."

Ich beugte mich ein wenig näher zu ihr.

„Das, was ich aufgeschrieben habe, könnte dich in Gefahr bringen."

Ich lächelte. Vanessa schien eine Dramaqueen zu sein. „Vanessa", sagte ich, „ich darf doch du sagen? Was meinst du mit Gefahr?"

„Du wirst jetzt die Wahrheit über Amanda, Toni und

Leander und mich hören. Eine Wahrheit, die niemals die Polizei oder die Staatsanwaltschaft erreicht hat. Sei vorsichtig, es sollte niemand davon erfahren, bevor das Buch veröffentlicht wird."

„Könntest du etwas konkreter werden?", fragte ich sie.

„Es gibt Menschen, mit denen legt man sich nicht gern an. Meine Schwester war mit jemandem verheiratet, der einer Familie angehörte, mit der man sich nicht gern anlegt."

„Die El-Halabis?", fragte ich.

„Genau die, die El-Halabis und die Rassafs und die Labakis und die, ach, ich kann mich nicht mal mehr an all die Namen erinnern. Sie sind alle miteinander verwandt, versippt und verschwägert, und es gibt auch unterschiedliche Schreibweisen. Die Namen haben sie sich ausgedacht, als sie im letzten Jahrhundert in den Libanon ausgewandert sind, von den Namen kannst du also nicht auf eine Verwandtschaft schließen. Es gibt viele Menschen mit diesen Namen, die sehr ehrbare Leute sind."

„Die Familie sind also keine Libanesen?"

„Nein, ursprünglich nicht. Sie kommen aus Südanatolien."

„Gehören sie zu diesem Stamm, von dem die ganzen bekannten Clans in Deutschland abstammen, den Namen habe ich jetzt vergessen."

„Genau von diesem Stamm rede ich, man nennt sie Mhallami. Tonis Familie kommt ursprünglich aus der Provinz Mardin in Südostanatolien. Das ist der türkische Teil Mesopotamiens, er liegt in der Grenzregion zu Syrien und dem Irak."

Ich nickte. „Ungute Gemengelage. Davon habe ich gelesen. Einige davon sind während der Bürgerkriege im Libanon über die Friedrichstraße nach Berlin eingereist. Wirtschaftsflüchtlinge, wenn ich mich recht entsinne. Und mit einigen von denen hat die Polizei jetzt ziemliche Probleme. Willst du damit sagen, dass Toni kriminell ist?"

„Ohne die Hilfe seiner Familie hat Toni sich sein Imperium nicht aufgebaut. Obwohl er immer betont hat, dass er Deutscher ist und sich hier an die Gesetze hält. Ziehe selbst deine Schlüsse aus dem, was ich dir aufgeschrieben habe. Aber bitte sei vorsichtig. Ich vertraue keinem Polizisten und keinem Staatsanwalt oder Richter. Rede also bitte nicht laut darüber, woran du gerade schreibst."

„Soll das heißen, dass du vor Gericht nicht die Wahrheit gesagt hast, weil du Angst vor dem langen Arm der Familie von Toni hattest?"

Vanessa lächelte mich an. „Ich sehe, wir verstehen uns."

Auf dem Nachhauseweg hatte ich ein schlechtes Gefühl in der Magengrube. Worauf hatte ich mich da eingelassen? Vanessa schien mich als ihre Schreibkraft zu betrachten, und eine Recherche zu ihren Ausführungen würde mich in Teufels Küche bringen. Aber ohne Recherche konnte ich den Roman nicht schreiben, das verbot mir meine Berufsehre. Ich habe immer behauptet, dass meine Leser und Leserinnen sich darauf verlassen könnten, dass, wenn ich schreibe, in irgendeinem Ort der Welt stehe eine grüne Parkbank an einer bestimmten Ecke, diese Parkbank da auch wirklich zum Verweilen einlädt. Und jetzt sollte ich den Worten einer verurteilten Mörderin ungeprüft Glauben schenken?

Ich beschloss, darauf zu warten, was sie mir lieferte, und erst danach eine Entscheidung zu treffen. Ich konnte mich ja immer noch gegen das Projekt Vanessa entscheiden. Diese Option blieb mir. Ich rief meine Freundin Birgit an, und wir verabredeten uns bei unserem Lieblingsitaliener. Mir war an diesem Abend nach leichter Kost.

Der dritte Brief

Natürlich wartete ich mit großer Spannung auf den angekündigten Brief. Schließlich hatte Vanessa mir Informationen mit Sprengstoffpotential versprochen. Als das Paket endlich ankam, ließ ich alles stehen und liegen und verzog mich damit in meinen Lesesessel.

Liebe Juliane Mansfield,

meine tägliche Abendbeschäftigung waren die Bilanzen von Papas Firmen, Amanda informierte mich regelmäßig über ihre Recherchen zu Konten, Aktien und Immobilien. Amandas Job war leichter als meiner, schließlich wussten wir von den meisten Investitionen unseres Vaters, kannten den Immobilienbesitz und hatten durch die Kontoauszüge einen Überblick über die privaten Konten.

Das Firmengeflecht war da schon ein anderes Kaliber. Unser Vater hatte AGs, KGs, GmbHs, GmbHs & Co. KGs, Gesellschaften bürgerlichen Rechts gegründet und war als Einzelkaufmann tätig, alles hing mit allem zusammen und war offensichtlich dazu gebaut, maximal undurchsichtig zu sein.

Gern hätte ich Vaters Steuerberater interviewt, aber der war ohne Erbschein noch nicht auskunftspflichtig. Mir schien die Kapitaldecke in den meisten Gesellschaften ziemlich dünn, und auf vielen lagen Bürgschaften, abgesichert durch den Immobilienbesitz. Amanda fand heraus, dass sogar unsere Wohnungen dazu dienten, Firmenkredite abzusichern. Wenn man es also genau nahm, wohnte ich auf einer Wiener-Würstchen-Fabrikation.

Die Firmen machten keine riesigen Gewinne, was mir normal erschien, man will ja schließlich nicht den Staat reich machen. Um genau zu sein, blieb eigentlich nichts übrig. Am Ende eines Steuerjahres wurde investiert: in neue Maschinen, in neue Werkshallen, in unsere Lkw-Flotte. Mein Vater bezog aus den Firmen ordentliche Gehälter, die sich summierten. Daraus finanzierte er dann die privaten Immobilien, mit denen er für die großen Kredite bürgte. Ein undurchsichtiger Geldkreislauf, bei dem ich mich fragte, wie wir das jemals auseinanderrechnen sollten.

Noch konnten wir Toni außen vor lassen, Amanda hatte sein Mitwirken auf „nach dem Erbschein" verschoben. Mit Leander hatte ich ein Abkommen getroffen: Sobald es einen Erbschein gab, würden wir eine Wochenendbeziehung führen. Der Gedanke, dass wir unter der Woche getrennt leben würden, erschreckte mich nicht. Im Gegenteil, ich war froh über die Aussicht, mich unter der Woche zu hundert Prozent auf meine neue Aufgabe konzentrieren zu können. Und froh darüber, dass wir unsere Wohnung in der Wörther Straße behalten würden und ich so weiterhin ein Zuhause in Berlin hatte.

Und dann kam der 18. März. Amanda hatte mich am Vor-

tag angerufen und gefragt, ob sie die Nacht bei uns verbringen dürfe. Sie hätte am 19. März ein Fotoshooting in der Kulturbrauerei, das so elendig früh beginnen würde, dass sie keine Lust hätte, morgens von Zehlendorf aus zum Prenzlberg zu fahren. Amanda war eine Nachtigall, sie hasste es, früh aufzustehen. Wir freuten uns auf einen entspannten Abend. Toni konnte nicht mitkommen, da er noch einen geschäftlichen Termin hatte.

Amanda kam um kurz vor acht, da sowohl Leander als auch ich lange arbeiten mussten. Sie hatte uns von Toni einen Korb mit Austern und einem frisch gebackenen Baguette mitgebracht. „Lass mich davon erst mal ein Instagram-Foto machen", sagte sie. Amanda hatte eine große Fangemeinde, die sie regelmäßig mit Posts aus ihrem Leben bediente. Leander hatte dazu eine Flasche Champagner geöffnet und wollte sich an das Öffnen der Austern machen.

„Lass mich mal", sagte Amanda, nachdem Leander sich an einer Auster fast die Hand gebrochen hatte. Sie nahm ihm das Messer aus der Hand, Leander reichte ihr den Handschuh, den sie aber nicht anzog. Mit Kraft versuchte Amanda die Auster zu öffnen, rutschte ab und verletzte sich an der Hand. Ich rannte schnell ins Bad, um Verbandszeug zu holen, da Amanda blutete wie ein abgestochenes Schwein.

„Wirst halt deine Hand morgen beim Fototermin verstecken müssen", sagte ich.

„Tut es sehr weh?", fragte Leander, der einen Lappen geholt hatte.

Nachdem ich die Wunde gereinigt hatte, stellte ich fest, dass es sich nur um einen kleinen, dafür aber tiefen Schnitt han-

delte. Leander öffnete eine zweite Flasche Champagner auf den Schreck.

„Leute, ich kann nicht so viel trinken, sonst liegt morgen früh der Champagner unter meinen Augen. Kameras sind brutal, wisst ihr."

Wir aßen vergnügt die Austern und tauschten Anekdoten aus unserer Kindheit aus. Es wurde ein lustiger, harmonischer Abend, der allerdings aus Rücksicht auf die eventuellen Tränensäcke meiner Schwester relativ früh um kurz nach zehn endete. Nachdem wir gemeinsam abgeräumt hatten, verzog sich Leander ins Schlafzimmer. Ich brachte meine Schwester ins Gästezimmer. Sie bat mich, mit hereinzukommen und die Tür zu schließen.

„Es ist alles vorbereitet", sagte Amanda.

Ich setzte mich in den gemütlichen grauen Sessel in der Ecke und sah sie erwartungsvoll an.

„Ich gehe morgen früh nicht zum Fototermin", sagte sie.

„Das dachte ich mir."

Ich hatte Amanda versprochen, ihr zu helfen. An unserem letzten Abend in Versmold hatte Amanda mir die Wahrheit über sich und ihre Ehe gebeichtet.

„Schatz, ich muss verschwinden. Für eine sehr lange Zeit", hatte sie gesagt, als wir vor dem Kamin in unserer Tenne gesessen hatten.

„Du musst was?" Ich hatte nichts verstanden.

„Toni wird nie in die Scheidung einwilligen. Jetzt schon gar nicht."

„Du willst dich doch nicht wirklich scheiden lassen. Nur wegen dieser Erbschaft?"

„Quatsch. Das mit Toni, das ist nicht mein Leben, Vanessa, verstehst du? Das ist nur noch Krampf. Ich habe den Mann meines Lebens getroffen."

„Wer ist er?"

„Bertrand Fournier. Er ist Fotograf. Ich habe ihn vor einigen Monaten bei der Fashion Week kennengelernt. Vanessa, es ist einfach so passiert."

„Du hast dich verliebt", stellte ich fest.

„Ich habe dagegen angekämpft, glaub mir. Aber es geht nicht anders. Ich kann nicht mehr."

„Was willst du tun?"

„Ich muss für mindestens ein Jahr spurlos verschwinden. Dann werde ich nach deutschem Recht automatisch geschieden."

„Wieso spurlos?"

„Weil Toni mich sonst umbringt."

„Das meinst du nicht im Ernst!"

„Das ist mein voller Ernst, du weißt nicht, mit wem ich es zu tun habe", sagte sie.

An diesem Abend in Versmold erfuhr ich die Wahrheit über Tonis Familie. Aber auch über Tonis Anteil an ihren „Geschäften". Der liebe, süße Toni war nicht so unschuldig, wie er sich selbst gern darstellte. Ich konnte meine Schwester verstehen.

„Wenn Toni Geld wittert, ist er dabei. Solange ich noch mit ihm verheiratet bin, hat er zumindest Zugriff auf meinen Pflichtteil. Wir müssen also verhindern, dass er da rankommt. Sobald wir geschieden sind, bist du vor ihm sicher."

„Du auch. Und du bekommst dann die Hälfte von Papas Erbe", sagte ich.

„Macht dir das was aus?", hatte sie mich gefragt. Ich hatte mich das Gleiche gefragt und ihr dann ehrlich geantwortet: „Solange ich die alleinige Unternehmensleitung habe, bin ich froh darüber, dass du deinen rechtmäßigen Anteil bekommst. Du hast schließlich dein ganzes Leben unter Papa leiden müssen. Ehrlich verdient, sozusagen."

Ich hatte ein verdammt schlechtes Gewissen meiner Schwester gegenüber, weil ich ihr in ihrer Not nicht geholfen habe.

„Du musst aber damit warten, deinen Pflichtteil zu beanspruchen. Dann wird Toni erst mal im luftleeren Raum schwimmen und muss klagen. Aber eine Klage kann dauern", sagte ich, nachdem ich die Situation durchdacht hatte.

„So habe ich mir das vorgestellt", hatte Amanda gesagt. „Aber ich brauche Geld in der Zwischenzeit zum Leben, ich kann ja nicht arbeiten."

Ich hatte ihr versprochen, ihr regelmäßig Geld zu schicken.

„Am besten, du schickst mir Bargeld mit UPS oder DHL. Pack irgendwas rein in das Paket, damit es nicht so offensichtlich ist. Ich kann auf keinen Fall ein Konto eröffnen, dann haben sie mich sofort. Ich werde mich in Paris bei Bertrand verstecken. Pass auf, dass Leander nichts davon erfährt", sagte sie. „Du weißt, dass er und Toni best buddies *sind."*

Wir hatten in Versmold alles genau geplant, Amanda wollte nur auf eine gute Gelegenheit in Berlin warten.

„Was wird passieren, wenn du nicht nach Hause kommst?", habe ich sie deshalb an unserem letzten Abend in Berlin gefragt.

„Enzo, der Fotograf, mit dem ich morgen ein Shooting habe, wird anrufen und sagen, dass ich nicht zum Fototermin ge-

kommen bin. Er wird immer wieder versuchen, mich auf meinem Handy zu erreichen. Ich setze noch eine letzte WhatsApp ab, und dann verschwindet das Handy auf Nimmerwiedersehen. Ich werde dir in keinem Fall sagen, wie du mich erreichst, alles, was du wissen musst, ist meine Postadresse in Paris." Sie nannte sie mir. „Bitte lerne sie auswendig, lass sie nirgendwo liegen! Keine Telefonate! Keine!"

„Wie kommst du nach Paris?", fragte ich.

„Bertrand wird mich morgen früh hier mit dem Auto abholen. Ich werde ihn in der Garage von der Kulturbrauerei treffen. Es ist ein deutscher Mietwagen, wir werden kurz vor den Landesgrenzen jeweils die Mietwagen wechseln, bis wir in Paris sind."

„Sind diese Vorsichtsmaßnahmen nicht ein bisschen übertrieben?"

„Nein, ganz und gar nicht, glaub mir, ich bin wirklich in Lebensgefahr."

„Wann soll ich dich wecken?", fragte ich sie an ihrem letzten Abend bei uns.

„Am besten, du schläfst aus und siehst zu, dass Leander auch nicht aufwacht. Dann wisst ihr von nichts."

Ich umarmte meine Schwester ein letztes Mal. „Ich habe dich lieb, kleine Amanda."

Wow. Das hatte ich nun wahrlich nicht erwartet. Amanda lebte also noch. Aber warum saß Vanessa dann im Gefängnis? Hätte Amanda sich nicht spätestens melden müssen, nachdem sie die Schlagzeilen über ihren Tod und die Verhaftung ihrer Schwester gelesen hatte? Und die hätte sie mit Sicherheit gelesen.

Warum hatte Vanessa diese Geschichte nicht der Polizei erzählt? Weil sie nicht wollte, dass Toni Amanda auf die Spur kam. Das erschien mir logisch. Vanessa hatte die ganze Zeit sowohl die Polizei als auch ihren Ehemann belogen, um ihre Schwester zu schützen.

Aber das war doch über ein Jahr her. Da hätte Amanda doch längst die Scheidung eingereicht haben müssen. Irgendetwas stimmte da nicht. Ich musste dringend mit Vanessa reden. Fragen über Fragen stürmten auf mich ein. Doch ein Anruf von Vanessa ließ auf sich warten, leider konnte ich sie nicht von draußen anrufen. Von Tag zu Tag wurde ich nervöser.

Zu dem mit Peter vereinbarten Termin zur Testamentserstellung nahm ich das letzte Kapitel von Vanessa mit. Ich wollte seine Meinung zu der Geschichte hören.

Peter empfing mich mit einem perfekten Testament.

„Was soll ich jetzt damit tun?“, fragte ich ihn.

„Entweder zu Hause deponieren, bei mir hinterlegen oder aber – und das würde ich dir dringend empfehlen – beim Nachlassgericht einreichen. Bis dahin kannst du eine Kopie in meiner Gegenwart unterzeichnen, ich beglaubige sie, und du nimmst beides mit nach Hause. Gehen wir jetzt runter, oder was?“

Als ich mit Peter im Lubitsch saß, gab ich ihm die Kopie des letzten Briefes von Vanessa. Während ich die Speisekarte studierte, las Peter die Seiten. Ich beobachtete ihn dabei. Auch er runzelte immer wieder die Stirn, schüttelte den Kopf. Dann ließ er die Blätter sinken. „Glaubst du das?"

„Ich weiß es nicht. Ich habe so viele Fragen, aber Vanessa ist seit Tagen auf Tauchstation."

„Da gibt es einige Ungereimtheiten", sagte er. „Ich kann mir nicht vorstellen, dass die Frau nicht spätestens während des Prozesses die Wahrheit gesagt hat. Die musste doch ihre Haut retten. Der Prozess fand knapp ein Jahr nach dem Verschwinden von Amanda statt. Und ich glaube auch nicht, dass Amanda ihrer Schwester nicht helfend zur Seite gesprungen wäre."

„Das habe ich mir auch gesagt. Es muss einen Grund dafür geben, dass Amanda nicht den Kopf aus der Kiste gesteckt hat", sagte ich. „Auf der anderen Seite: Die Leiche von Amanda wurde nie gefunden. Vanessa ist aufgrund von Zeugenaussagen verurteilt worden. Hast du schon mal was von einem El-Halabi-Clan gehört?"

„Ja, die sind angeblich ganz groß im Autohandel tätig", sagte Peter.

„Das ist doch nichts Illegales."

„Doch, so wie die das machen, ist es illegal. Die bauen Luxuskarossen aus Unfallwagen zusammen, bei denen sie die Unfälle so verursachen, wie sie die Ersatzteile gerade brauchen. Meist Leasingwagen."

Ich musste grinsen. Als Krimiautorin war ich natürlich mit den Abgründen der menschlichen Seele auf du und du, und schlaue Tricksereien nötigen mir durchaus Respekt ab.

„Sag mal, kommst du an die Ermittlungsakten von der Polizei?", fragte ich.

„Tja, das ist so eine Sache. Ich müsste einen offiziellen Antrag stellen und den damit begründen, dass ich ein Wiederaufnahmeverfahren prüfen möchte. Ist sehr ungewöhnlich."

„Man kann also ein Wiederaufnahmeverfahren einleiten?"

„Ja, natürlich, das ist allerdings äußerst selten, es gibt nur knapp neunzig Wiederaufnahmen pro Jahr in Deutschland. Dem stehen über achthunderttausend abgeschlossene Strafverfahren entgegen."

„Gibt es zu hohe Hürden für eine Wiederaufnahme?"

„Paragraph 359 der Strafprozessordnung regelt die Gründe. Zugunsten eines Verurteilten kann ein Strafverfahren wiederaufgenommen werden, wenn zum Beispiel eine gefälschte Urkunde als echt bewertet wurde, ein Zeuge vorsätzlich eine Falschaussage gemacht hat oder ein Richter seine Amtspflicht verletzt hat. Auch neue Beweise könnten eine Zulassung bewirken", informierte mich mein Anwalt. „Aber der einfachste Weg wäre, dass Vanessa die Akte für dich anfordert. Das wäre im Hinblick auf eine Biografie legitim."

„Aus irgendeinem Grund will sie nicht, dass ich recherchiere. Sie will, dass ich die Geschichte so schreibe, wie sie sie erzählt, beziehungsweise wie sie sie empfunden hat."

„Seit wann stehst du als Ghostwriter zur Verfügung?"

„Ich habe ihr gesagt, dass ich eine Geschichte daraus machen werde, meine Geschichte, nicht ihre. Das hat sie akzeptiert, sogar unterschrieben, wie du weißt, schließlich hast du den Vertrag gefertigt."

„Hhm, dann verstehe ich das nicht."

„Beim letzten Mal hat sie mich gewarnt, dass der Job gefährlich werden könnte wegen des El-Halabi-Clans."

„Nicht dein Ernst!"

„Doch, ich soll niemandem etwas über unser Projekt erzählen, das könnte mich in Lebensgefahr bringen."

„Also von Leichen, die den Weg der El-Halabis pflastern, habe ich noch nichts gehört. Wie gesagt, die sind keine Engel, aber als sie nach Deutschland kamen, durften sie nicht arbeiten, ihr Aufenthaltsstatus war ungeklärt, sie waren nur geduldet. Da muss man sich schon etwas einfallen lassen."

„Na, hör mal, der El-Halabi hat monatelang Interviews für Zeitungen gegeben, als seine Frau verschwand. Was ist daran ungewöhnlich, jetzt noch mal nachzuhaken? Ich könnte doch sagen, dass ich für eine Zeitung schreibe oder bei Angehörigen von Mordopfern recherchiere, wie sie leben, wie sie sich fühlen, wie sie damit klarkommen."

„Wieso nicht? Du hast schließlich einen Namen, den auch ein El-Halabi schon mal gehört haben müsste", fügte Peter hinzu.

In dem Moment kam unser Essen. Aber den Hinweis von Peter behielt ich im Hinterkopf. Im Laufe der Nacht reifte er zu einem Plan. Ich würde noch zwei Tage abwarten, ob Vanessa sich endlich meldete. Wenn nicht, würde ich Tanos El-Halabi kontaktieren.

Vanessa meldete sich nicht. In der Zwischenzeit druckte ich alle Meldungen aus dem Internet aus, die ich zum Fall Vanessa von Wolfrathshausen gefunden hatte.

Fotomodel seit genau einem Monat vermisst
Die große Doku zum mysteriösen Fall Amanda El-Halabi: 19. April 2016 21:20 Uhr

Exklusive RTL-Doku zum Fall Amanda

Ihr Verschwinden liegt auf den Tag genau einen Monat zurück – und noch immer fehlt von der 26-jährigen Amanda El-Halabi aus Berlin jede Spur. Obwohl bei der Polizei mehr als 1.500 Hinweise eingegangen sind, wirft der mysteriöse Fall viele Fragen auf. RTL zeigt in einer exklusiven Doku eine Chronologie der Ereignisse – vom ersten Tag ihres Verschwindens bis heute.

Amanda verschwand am 19. März spurlos

Das Fahndungsfoto der 26-jährigen Amanda ist mittlerweile in ganz Deutschland bekannt. Es zeigt eine höchst attraktive Frau, die als Fotomodel international erfolgreich war. Die Polizei hat das Foto in einer Suchmeldung drei Tage nach ihrem Verschwinden am 19. März veröffentlicht. Die Umstände rund um das Verschwinden von Amanda sind bislang vollkommen unklar.

Schwager wird verdächtigt, Amanda getötet zu haben

Amanda hat die Nacht vor ihrem Verschwinden am 19. März bei ihrer älteren Schwester Vanessa und ihrem Schwager Leander v. W. in Prenzlauer Berg verbracht. Morgens um

7 Uhr hätte sie zu einem Fotoshooting in der Berliner Kulturbrauerei in der Schönhauser Allee erscheinen sollen, doch dort kam sie nach Auskunft des Modefotografen Enzo Gmeiner nie an. Ihr Ehemann, Tanos El-Halabi, meldete seine Frau am nächsten Morgen als vermisst. Am 23. März übernahm eine Berliner Mordkommission den Fall.

Die Ermittler nehmen an, dass Amanda das Haus nicht lebend verlassen hat. Sie verdächtigen ihre Schwester und den Schwager, sie getötet zu haben.

Im Haus der v. W. wurde den Ermittlern zufolge Blut gefunden. Sowohl die Schwester als auch der Schwager behaupten, dass Amanda sich am Abend des 18. März beim Austernöffnen geschnitten habe.

Der 36-jährige Schwager Leander v. W. sitzt nach widersprüchlichen Aussagen wegen des Verdachts auf Totschlag in Haft. Er schweigt zu den Vorwürfen. Amandas Ehemann hält ihn aber für unschuldig.

Spur führt nach Lichtenrade

Kurz nach Amandas Verschwinden wurde das Auto des Schwagers in Lichtenrade vor seiner gemieteten Remise gesehen, obwohl der Schwager bestreitet, seit dem Verschwinden von Amanda in seinem Atelier gewesen zu sein. Das Atelier grenzt an ein Waldgelände ostwärts des Kirchhainer Damms. Die Mordkommission hielt diese Spur für so heiß, dass sie am 12. April nicht nur Bilder seines dunkelblauen Volvos veröffentlichte, sondern auch drei Fotos von Leander v. W. ins Internet stellte, obwohl der Mann schon in Untersuchungshaft saß. Aufgrund von Zeugen, die das Fahrzeug des Schwagers erkannt haben wollen, startete die Polizei eine groß angelegte Suchaktion in dem Waldstück nahe der Grenze zu Brandenburg. Dort haben die Ermittler aber bisher nichts gefunden.

Wie der aktuelle Stand im Fall Amanda ist, zeigen wir in der großen RTL-Doku und auf TVNOW Originals.

Natürlich robbte ich sofort zum Fernseher und suchte bei TVNOW den Beitrag, der mir allerdings nicht mehr Informationen lieferte als der Ankündigungstext. Es war interessant, dass die Polizei am Anfang Leander verdächtigt hatte. Aber es gab noch etwas, was mich wunderte: Warum hat man anfangs nicht in Erwägung gezogen, dass Amanda vielleicht entführt worden war? Und auch der Fotograf blieb offensichtlich außen vor. Der Knaller war natürlich folgende Meldung, die die Öffentlichkeit am 13. Mai erschütterte:

Bild, 13. Mai 2016

Tod auf der Baustelle –
Mordverdächtiger stirbt durch Unfall

War er der Mörder von Amanda? Das 26-jährige Fotomodell Amanda El-Halabi war am 19. März spurlos verschwunden. Am 23. April wurde ihr Schwager Leander v. W. unter Mordverdacht verhaftet. Aus Mangel an Beweisen musste er auf freien Fuß gesetzt werden. Jetzt ist Leander v. W. tot. Er starb durch eine von einem Kran herabstürzende Steinplatte auf einer Baustelle, die er als Architekt betreute. Leander v. W. war sofort tot. Der Kranfahrer musste aus dem Kran geborgen werden, er stand unter Schock.

Ich entsinne mich, dass ich vom Tod des Tatverdächtigen gelesen hatte. Damals habe ich mir gedacht, dass das ganz bestimmt nicht mit rechten Dingen zugegangen ist. So eine Steinplatte ist doch doppelt und dreifach gesichert. Und wie kommt es, dass sie genau an dem Platz herunterfällt, wo der Architekt steht? Aber danach kam nichts mehr, es gab keinerlei weitere Hinweise in der Presse, ob der Kranunfall irgendwelche Folgen für die Ermittlungen hatte. Ich notierte mir, dass auch das eine Frage war, die ich dringend mit Vanessa besprechen musste. Hatte sie das gemeint, als sie sagte, man wäre in Lebensgefahr, wenn man sich mit Toni beschäftigte? Hatte Toni Leander im Verdacht gehabt? Verdammt, warum meldete sich Vanessa eigentlich nicht? Die nächste Meldung, die ich herausfischte, war vom *Haller Kreisblatt.* Hatte die nette Sekretärin mir nicht etwas zuschicken wollen?

Haller Kreisblatt – 20. Mai 2016

Polizeigroßeinsatz in Peckeloh

Im Fall der vor zwei Monaten verschwundenen Amanda El-Halabi, der Tochter des kürzlich verstorbenen Fleischwaren-

produzenten Edgar Baerwald aus Versmold, hat erstmals eine Zeugin öffentlich ihre Beobachtungen geschildert. Ihre Aussage hatte eine große Suchaktion der Versmolder Polizei im Stadtteil Peckeloh ausgelöst.

Die Frau berichtete, dass sie und zwei Freundinnen zwei Tage nach Amandas spurlosem Verschwinden in Berlin gesehen hätten, wie Amandas Schwester Vanessa einen in einen Sack gehüllten Körper aus einem Kühlwagen auf ihrem Hof entladen hat. Die Polizei durchsuchte daraufhin den Hof sowie die angrenzenden Felder und die Schweineställe ihres Nachbarn, der die Ländereien von der Familie Baerwald gepachtet hat. Sie hat die 30-jährige Vanessa im Verdacht, ihre Schwester getötet zu haben. Wegen des Fehlens einer Leiche kann die Polizei ihr den Mord nicht nachweisen. Ein Erbschaftsstreit wird als Motiv vermutet.

Der Ehemann der Verdächtigen wurde kurz nach seiner Freilassung aus der Untersuchungshaft Opfer eines Unfalls auf einer Baustelle, die er als Architekt betreute. Leander v. W. starb noch am Unfallort.

Es wurde sehr wenig von den Maßnahmen geschildert, die die Polizei ergriffen hatte, um auf die Spur von Amandas Mörder zu kommen. Sie hatten einen Wald durchsucht, die Wohnung, in der Blut von Amanda gefunden wurde, und den Hof der Baerwalds sowie die verpachteten Ländereien und einen Schweinestall. Hatten die Beamten geglaubt, dass Vanessa ihre Schwester den Schweinen zum Fraß vorgeworfen hatte? Das waren doch Schauermärchen.

Ich entsann mich an eine Folge von *Criminal Minds*, in der ein Bauer die Leichen von Frauen an Schweine verfütterte.

Aber je länger ich darüber nachdachte, desto klarer wurde mir, dass Vanessa ziemlich viele Möglichkeiten hatte, eine Leiche spurlos verschwinden zu lassen. Da waren neben den Schweinen natürlich auch das Schlachthaus und der Zerlegebetrieb ihres Vaters, wo sie ihre Schwester hätte verwursten können.

Ich musste selbst über das Wort verwursten lachen, das mir in den Sinn gekommen war.

Aber warum sollte Vanessa die Leiche ihrer Schwester nach Versmold verbringen? Dann hätte sie die Frau doch gleich auf ihrem Hof meucheln können. Wozu der Ausflug zurück nach Berlin? Das Ganze entbehrte jeder Logik.

Ich bekam das nicht aufeinander: Vanessa, die kühle Frau mit der verletzten Seele, sollte ihre geliebte kleine Schwester, für die sie ein hohes Risiko eingegangen war, zu Wurst verarbeitet haben?

Nein, das konnte nicht sein, von Stunde zu Stunde wurde ich sicherer, dass das Urteil gegen Vanessa ein Fehlurteil war.

Warum meldete sie sich nicht? Ich hoffte, dass Vanessa nichts passiert war. Hatte sie nicht selbst vor den Beamten, den Richtern und Staatsanwälten gewarnt, die ihr gefährlich werden könnten? Und was war eigentlich mit den Menschen, die ihre Notizen lasen, bevor diese mich erreichten?

Die Sache mit Amandas Handy war für mich geklärt, aber die Polizei schien ihren gesamten E-Mail-, WhatsApp- und Messenger-Verkehr gecheckt zu haben. Wie hatte sie sich mit Bertrand ausgetauscht? Wahrscheinlich mit einem extra Handy, das Bertrand in Frankreich auf seinen Namen gebucht hatte. So jedenfalls hätte ich das gemacht. Zum Thema elektronische Überwachung fand ich dann noch eine Meldung aus der *Berliner Zeitung*:

25. Mai 2016 – Berliner Zeitung

Löst Google das Rätsel um Amanda?

Auf der Suche nach dem vermissten Fotomodel Amanda El-Halabi hat der Suchmaschinen-Konzern Google den Ermittlern Daten zur Verfügung gestellt. Offenbar hatten bereits vor drei Monaten Beamte aus Berlin auf Antrag der Staatsanwaltschaft die Google-Zentrale von Europa in Dublin um Mithilfe in dem Mordfall gebeten. Anfang Mai hatten die Ermittler nun einen Datensatz erhalten. Die Daten geben offenbar Aufschluss darüber, wann welche Seiten der Suchmaschine von Amandas Benutzerkonto aufgerufen wurden. Ein Ermittler sagte der Zeitung: „Wir haben Google um allgemeine Daten sowie die zur Standorterfassung gebeten. Natürlich interessiert uns zuerst, ob das Konto bei Google nach ihrem Verschwinden aktiv in Nutzung war und wo es eingeloggt war." Die Auswertung der Daten laufe derzeit in einer Fachabteilung des Berliner Landeskriminalamts.

Offensichtlich waren die Beamten nicht weitergekommen. Sie waren von Vanessas Schuld überzeugt, konnten sie aber nicht beweisen. In der Zwischenzeit war Vanessa doch sicherlich nach Versmold übergesiedelt und hatte die Leitung der Firmen ihres Vaters übernommen. Was war mit der Berliner Wohnung? Hatte sie die vermietet? Ich vermutete, dass die Polizei Vanessas Konten überprüft hatte und außergewöhnliche Geldströme aufgefallen wären. Wenn Vanessa davon ausgegangen wäre, dass ihre Schwester noch lebt, dann hätte sie ihr und Bertrand doch regelmäßig Geld schicken müssen. Und das wäre den Behörden aufgefallen. Oder hatte sie die Überweisungen über Firmenkonten getätigt? Hatte Vanessa nicht selbst erzählt, dass die Konten und Firmen ihres Vaters ein Geflecht waren, das auf maximale Undurchschaubarkeit ausgelegt war?

Ich war gespannt, wie Vanessas Geschichte weiterging. Aber noch immer kam kein Anruf.

23. August 2016 – Berliner Morgenpost

Seit fünf Monaten ist Amanda El-Halabi verschwunden. Die Polizei ermittelt einseitig, behauptet ihre Familie.

Berlin. *Wer fünf Monate nach dem Verschwinden von Amanda El-Halabi Fragen stellt, trifft auf eine Mauer des Schweigens. Die Ermittlungsbehörden haben keine neuen Ansätze und verweisen bei Nachfragen auf das laufende Verfahren. Was sie nicht sagen: Die Ermittlungen befinden sich in einer Sackgasse. Neue Ansätze gibt es nicht. Für die Ermittler der Mordkommission ist das bitter. Denn noch immer arbeiten sie mit Hochdruck an dem Fall des spurlos verschwundenen Models. Zum „Cold Case“ werde er noch lange nicht, heißt es aus Polizeikreisen. Dort landen Fälle, die vorerst zu den Akten gelegt werden. Das passiere erst, wenn alle Ermittlungsansätze erschöpft seien.*

Die Beamten steckten also immer noch fest. Es hatten immer nur Vanessa und Leander unter Verdacht gestanden, hatte denn niemals jemand Toni ins Visier genommen? Hatte der Ehemann ein so bombensicheres Alibi, dass er von vorneherein ausgeschlossen werden konnte? Denn dass Toni ein starkes Motiv hatte, lag ja wohl auf der Hand: Er wollte über das Vermögen seiner Ehefrau verfügen, das selbst, wenn es sich nur um den Pflichtteil handelte, nicht unerheblich gewesen sein dürfte. Er musste in jedem Fall verhindern, dass Amanda sich scheiden ließ.

Wusste er davon? War er seiner Frau auf die Schliche gekommen? Hatte er sie verfolgt oder verfolgen lassen? Im Falle von Amandas Tod stand ihm mit Sicherheit das Vermögen seiner Frau zu, ich würde meinen Kopf darauf verwetten, dass sie das im Ehevertrag geregelt hatten.

Post aus Halle

Ich hatte es fast schon wieder vergessen, als ich mit der Post einen dicken Umschlag aus Halle in Westfalen erhielt. Ein Hoch auf die alten Archivare. So viele Artikel zum Unfall von Vanessas Oma hatte ich nicht erwartet.

Es war der erste richtig schöne, warme Tag des Jahres. Also setzte ich mich mit dem Umschlag und einem kalten Mineralwasser mit einem Zitronenscheibchen auf meine Terrasse und hielt meine zerknautschte Visage in die Sonne. Meine Katze gesellte sich zu mir, und wir schnurrten um die Wette. Allerdings war ich so neugierig auf den Inhalt des Briefes, dass ich es nicht lange mit genüsslich geschlossenen Augen aushielt. Ich öffnete den Umschlag und schüttelte den Inhalt auf den Tisch. „Du meine Güte!“, entfuhr es mir.

Semiramis sprang auf den Terrassentisch und wollte sich mit dem braunen Pfötchen eine Seite aus dem Stapel mopsen.

„Semi, lass das!“, zischte ich und konnte ihr den Ausschnitt gerade noch abluchsen, bevor sie ihn mit den Krallen zerriss oder damit unter ihren Lieblingsschrank verschwinden konnte. Semiramis war eine äußerst räuberische

Katze und liebte es, ihre Beute zu horten, was mitunter zu erheblichen olfaktorischen Belästigungen führte.

Ich schaute auf die Kopie und hielt die Luft an.

11. Juli 1998, Haller Kreisblatt

Tödliches Spiel: Schrecklicher Unfall in Peckeloh

Auf einem Hof in Peckeloh nahm das Spiel einer Zwölfjährigen einen tödlichen Ausgang. Das Mädchen war auf den im Hof parkenden Mähdrescher gesprungen und wollte diesen rückwärts in die Scheune fahren. Dabei hat das Mädchen ihre Großmutter übersehen, die versucht hatte, sie zu stoppen. Das Kind verwechselte die Bremse mit dem Gas und zerquetschte ihre Oma an der Hauswand.

Wie das Haller Kreisblatt erfuhr, starb die 72-jährige Elfriede Woermann noch am Unfallort. Elfriede war die Witwe von Karl-Heinz Woermann, dem ehemaligen Besitzer des Versmolder Schlachthofs und Ehrenbürger von Versmold. Sie lebte zusammen mit ihrer Tochter und ihrem Schwiegersohn, dem Fleischproduzenten Edgar Baerwald, und deren beiden Kindern auf dem Hof in Peckeloh.

Das Mädchen erlitt einen Schock und musste ins Krankenhaus gebracht werden. Das Kind war schreiend vom noch laufenden Mähdrescher gesprungen und hatte damit ihre Mutter alarmiert, die wegen einer Migräne schlafend im Bett lag. Die Hauswirtschaftsschülerin hatte an diesem Tag ihren freien

Nachmittag, der Vater war zum Zeitpunkt des Unfalls noch in seinem Betrieb in Versmold.

Der Hof wird von Ludger S., einem Nachbarn der Familie Baerwald, bewirtschaftet. Wieso er den Mähdrescher mit gesteckten Schlüssel in der Auffahrt des Hofes hat stehen lassen, ist Gegenstand der Untersuchung durch die Polizei. Nach Aussagen des Vaters war seine Tochter öfter mit dem Mähdrescher mitgefahren, und sie habe auch gelernt, diesen zu bedienen.

Fassungslos ließ ich die Seite sinken. Vanessa hatte ihre Oma getötet! Was für ein Albtraum. Das Kind musste traumatisiert gewesen sein. Jetzt verstand ich auch, warum sie die Oma zunächst mit keinem Wort erwähnt hatte. Das Ganze war zwanzig Jahre her, damals wurden Zeitungsartikel nicht vom Internet erfasst, und wahrscheinlich wurde der Name des Mädchens in den Polizeiakten geschwärzt von wegen Jugendschutz. Es gab also kaum eine Chance, an diese Geschichte zu kommen. Oder hatten die Gerüchte über das Drama auf dem Hof das LKA von Nordrhein-Westfalen bei den Ermittlungen in Peckeloh erreicht?

Ich zog weitere Seiten hervor. Der Unfall in Peckeloh hatte das *Haller Kreisblatt* wochenlang beschäftigt. Na klar, Edgar Baerwald war ein ebenso wichtiger Bürger von Versmold, wie die Tote die Witwe eines Ehrenbürgers war.

Es wurde darüber spekuliert, dass nunmehr auch der Schlachthof Teil des Imperiums von Edgar Baerwald wurde. Bisher war der Schlachthof im Besitz der Großmutter gewesen.

Ich schaute Semiramis an, die mich mit ihren schönen bernsteinfarbenen Augen beobachtete. „Mord und Totschlag, sage ich dir, Mord und Totschlag. Das kam dem alten Baerwald wohl sehr gelegen, dass seine Tochter die Oma an die Wand gerammt hat."

Semiramis neigte den Kopf und schaute mich besorgt an. Sie schaute mich immer besorgt an, wenn ich mit ihr redete, sie aber nicht ansprach. Ich glaubte fest daran, dass Katzen mehr verstehen, als wir Menschen glauben. Und ab und zu fand ich es sehr anregend, mit Semiramis zu reden, sie war meist der gleichen Meinung wie ich.

Ich schloss die Augen und dachte nach. Als Krimiautorin hat man natürlich eine ziemlich dunkle Fantasie. Was, wenn Vanessa gar nicht gefahren war, sondern ihr Vater. Was, wenn Vanessa für ihren Vater gelogen hatte, weil sie alles für ihn getan hätte, um seine Anerkennung zu gewinnen. Was, wenn Vanessa ihre Oma absichtlich umgebracht hatte, weil sie vielleicht gehört hatte, wie ihr Vater sagte, dass die Alte besser heute als morgen abkratzen solle. Auf der anderen Seite hatte Vanessa ihre Oma geliebt. Oder hatte sie sie nur geachtet?

„Bisschen viele Leichen in der Familie", sagte ich zu meiner Katze. Semiramis sprang auf meinen Schoß und rollte sich dort zusammen. Sie hatte ja recht, man sollte jeden Sonnenstrahl genießen.

Interviewwünsche

Da Vanessa sich auch am nächsten Tag nicht meldete, rief ich Peter an. „Was soll ich tun?“, fragte ich ihn.

„Ruf in der JVA an und frage, ob alles mit ihr okay sei, und bitte um Rückruf“, schlug er vor.

Ich erzählte ihm von den Artikeln aus dem *Haller Kreisblatt*.

„Au weia. Moment mal. Ich rekapituliere: Oma tot durch Unfall. Mutter tot durch Selbstmord, Vater tot durch Unfall, Schwester spurlos verschwunden, Ehemann tot durch Unfall. Vier Todesfälle plus. Das ist nicht normal.“

„Das habe ich mir auch gedacht. Sag mal, wir hatten doch über die Ermittlungsakte gesprochen. Könntest du die für mich beantragen?“

Das Schweigen am anderen Ende der Leitung wurde laut. „Okay, du willst nicht“, resümierte ich.

„Ich melde mich deswegen“, sagte er. Guter, lieber Peter.

Dann tat ich es. Wie unter Zwang suchte ich im Internet die Adresse von Tonis Unternehmen. Ich rief an. Durch meine jahrelange Tätigkeit in der Verwaltung hatte ich gelernt, wie man in Firmen anruft und mit dem Chef verbunden wird. Ich sagte knapp meinen Nachnamen und bellte „Toni El-Halabi, bitte“ ins Telefon. Die Telefonistin stellte mich sofort ins Sekretariat durch. Immerhin fragte mich Tonis Sekretärin: „Darf ich Herrn El-Halabi den Grund Ihres Anrufs mitteilen?“ Gut erzogenes Mädchen.

„Das ist privat“, sagte ich. Und genau das war es schließlich auch.

„Jetzt bin ich aber gespannt“, sagte er am Telefon. Er hatte eine angenehm tiefe Stimme.

„Worauf?“

„Auf den privaten Grund, aus dem Sie mich sprechen wollen. Ihren Namen habe ich nämlich nicht verstanden.“

„Mansfield“, sagte ich, ich ersparte mir das Jane. Der Kerl war zu jung, um Jane Mansfield zu kennen.

„Juliane Mansfield?“

„Genau die.“ Ich war erstaunt.

Er schien zu überlegen. „Meine Frau hat Ihre Krimis gern gelesen“, sagte er.

Schon der zweite Fan in der Familie, dachte ich.

„Was verschafft mir denn die Ehre Ihres Anrufs?“

Ich hatte mir nicht zurechtgelegt, was ich sagen wollte, sonst hätte mich womöglich der Mut verlassen.

„Wären Sie bereit, mit mir über Ihre Frau zu sprechen?“

„Über welche Frau?“

„Über Amanda“, sagte ich. „Oder gibt es noch eine andere?“

Er schwieg. Lange. Sehr lange.

Dann sagte er, und es klang traurig: „Lassen Sie die Toten ruhen. Es ist besser.“

„Aber ich …“

„Stand doch alles in der Zeitung, im Internet. Bitte, lassen Sie mich in Ruhe. Bitte." Es klang nicht böse, es klang traurig. Es gab eine kleine Pause. Dann sagte er „Auf Wiedersehen" und legte auf.

Tanos bedeutet Lebensgefahr, hatte Vanessa gesagt. Ich hatte nicht eine Sekunde das Gefühl gehabt, mich in Gefahr zu begeben. Aber leider hatte ich durch meine direkte Frage die Tür zu Tanos El-Halabi zugeschlagen. Und ich hatte nicht den Ansatz einer Idee, wie ich sie wieder öffnen könnte.

Ich war frustriert. Es ging nicht vor und nicht zurück. Wenn ich schon mal beim Telefonieren war, konnte ich auch in der JVA anrufen. Man teilte mir mit, dass Frau von Wolfrathshausen auf der Krankenstation lag. Okay, Madame war also entschuldigt. Oder sollte ich mir Sorgen machen? Schließlich hatte sie mir gesagt, dass sie niemandem mehr traute, auch nicht der Justiz. Hatte man ihr vielleicht etwas angetan, um sie zum Schweigen zu bringen?

Wenn ich in Berlin nicht weiterkam, musste ich woanders weiterrecherchieren. Versmold? Nein! Paris!

Ich suchte einen Fotografen namens Bertrand Fournier in Paris. Das konnte ja nicht so schwierig sein, wenn der Mann ein berühmter Modefotograf war. Ich gab also seinen Namen und das Wort *Foto* bei Google ein. Ja, der Mann war berühmt. Es gab sogar einen Wikipedia-Eintrag, es gab Interviews mit ihm. Ich versuchte es mit dem Namen und der französischen Internetkennung, und ich versuchte es mit *.com*. Da gab es einen Maler unter diesem Namen, es gab einen Instagram-Account von einem, der sich wohl für einen Influencer hielt. Aber es gab keinen Fotografen. Bertrand Fournier war in Frankreich ein Name wie in Deutschland Bernd Schulz, die gab es wie Sand am Meer.

Also gab ich noch Wörter wie *photographer*, *photoart*, *fashion*, und was mir sonst noch einfiel, ein. Ich fand viele Fotos von Bertrand in den Datenbanken von Shutterstock und Fotolia. Es gab auch Magazintitel, einen sogar mit Amanda. Was ich nicht fand, war Bertrands Adresse, Mailadresse oder Telefonnummer.

Endlich stieß ich auf seine Website: bertrandfournier-photoart.com.

Er war der Typ Herzensbrecher, den ich mir vorgestellt hatte. Von seinem Gesicht sah man nur die Hälfte, die andere Seite wurde von einer Kamera verdeckt, das Kameraobjektiv war genau auf mich gerichtet. Aber das, was ich von ihm auf dem Foto sah, war sogar in Schwarz-weiß umwerfend. Dunkle Haare, die ihm über die dunklen Augen fielen. Der Dreitagebart verlieh ihm ein etwas wildes Aussehen – das war wohl Amandas Beuteschema.

Immerhin gab es auf der Website den Namen und die Telefonnummer seiner Agentur. Ohne lange nachzudenken, rief ich dort an.

Als sich in Paris jemand meldete, merkte ich, dass ich besser daran getan hätte, mir vorher zu überlegen, was ich sagen wollte, schließlich hatten die Motten jahrzehntelang Zeit gehabt, sich durch mein Schulfranzösisch zu fressen. Ich stümperte mir also etwas zusammen in der Hoffnung, dass ich um die Adresse von Monsieur Fournier gebeten hatte. Allerdings wurde schnell klar, dass die Frau mich nicht verstanden hatte, sie dachte wohl, ich wollte Bertrand buchen. *Nein, nein*, sagte ich, *ich möchte gern die Telefonnummer und Adresse von Bertrand.*

Nun sind die Franzosen zwar nicht ganz so streng, was den Datenschutz angeht, wie wir Deutsche, aber die Dame beschied mir freundlich, dass sie nicht befugt sei, Adresse und Telefonnummer herauszugeben. Also bat ich darum, angerufen zu werden. Auch das wollte sie nicht. Wahrscheinlich, so dachte ich, hatte sie einfach Angst, dass ich Fournier einen Auftrag gebe, an dem ihre Agentur nicht verdient. Ich versuchte es mit meiner üblichen Ansage: Das ist privat. Aber auch das funktionierte nicht. Also fragte ich die Frau, ob sie denn einen privaten Brief an Herrn Fournier weiterleiten könnte. Das, so sagte sie, könne sie gern tun.

Frustriert legte ich auf. Warum dauerte das so lange, ich hasste es, wenn meine Recherchen mich vom Eigentlichen abhielten: Ich wollte dieses verdammte Buch schreiben. Alles an diesem Stoff hatte das Zeug zum großen Drama.

Sofort setzte ich mich daran und schrieb einen freundlichen Brief auf Englisch an Bertrand Fournier. Ich erklärte ihm, dass ich – basierend auf dem Fall Amanda – einen Krimi schreiben und ich mich freuen würde, wenn er mich diesbezüglich anrufen könnte. Außerdem schrieb ich einen Brief an Vanessa, in dem ich ihr gute Besserung wünschte und um einen Anruf bat. Ich fügte hinzu, dass ich Tanos angerufen hatte, damit sie ein bisschen schneller reagierte.

Danach entschloss ich mich, einen kleinen Mittagsspaziergang zum Briefkasten zu machen. Ich war lange nicht mehr so oft zum Briefkasten gelaufen wie in den letzten Wochen, normalerweise erledigte ich meine Korrespondenz per E-Mail. Als ich die Post bereits eingesteckt hatte, fiel mir ein, dass ich auch meinen französischen Verlag hätte um Hilfe bitten können. Ein Teil meiner Romane wurde von diesem in Lizenz auf Französisch veröffentlicht, wahrscheinlich wäre die Agentur meinem Verlag gegenüber offener gewesen. Aber nun war es zu spät.

Wieder zu Hause vertiefte ich mich in weitere Zeitungsausschnitte.

Im September war es böse geworden für Vanessa.

21. September 2016, Die Welt

Mordverdacht: Schwester von Amanda El-Halabi festgenommen

Neue Erkenntnisse im Vermisstenfall Amanda El-Halabi: Wie die Polizei mitteilte, ist ihre Schwester Vanessa v. W. unter dem Verdacht des Mordes festgenommen worden. Das 26-jährige Fotomodel war am 19. März nicht zu einem Fotoshooting erschienen und blieb seitdem spurlos verschwunden. Die Polizei ging von Anfang an von einem Verbrechen aus.

Amanda hatte die Nacht bei ihrer Schwester Vanessa und ihrem Schwager Leander in Prenzlauer Berg verbracht. Das Fotomodell wurde von der Polizei nicht nur mit Großeinsätzen in Waldstücken in Berlin und Brandenburg, sondern auch in ihrer Heimatstadt Versmold in Nordrhein-Westfalen gesucht. Zunächst war der vor vier Monaten bei einem Unfall auf einer Baustelle tödlich verunglückte Schwager vorübergehend inhaftiert worden. Da die Polizei ihm die Tat nicht nachweisen konnte, musste sie ihn wieder auf freien Fuß setzen. Seitdem richtet sich der Verdacht gegen die 32-jährige Schwester der Vermissten. Jetzt ist ein Zeuge aufgetaucht, der die schlimmsten Vermutungen der Polizei zu bestätigen scheint. Vanessa v. W. wurde in ihrer Firma in Versmold verhaftet.

Das war die erste Meldung, die ich über Vanessas Verhaftung finden konnte. In den folgenden Tagen überschlugen sich die Gerüchte.

Das Telefon riss mich aus meinen Gedanken. Meine Freundin Birgit fand, dass es Zeit für einen Weiberabend sei. Ich konnte ihr nur zustimmen. Wir verabredeten uns für den kommenden Donnerstag.

Weiberabend

Der Wetterbericht hatte uns für den Donnerstag einen herrlichen Maiabend versprochen, so dass wir uns im Garten vom Einstein in der Kurfürstenstraße trafen. Ich hatte immer noch keine Nachricht von Vanessa, dafür hatte ich meinen Tag mit weiteren Recherchen im Internet verbracht.

Ich liebte meine Freundin Birgit, sie hatte noch nie eine einzige Zeile in einem Krimi gelesen, schon gar nicht in meinen Büchern, aber sie war trotzdem – oder gerade deshalb – seit über dreißig Jahren meine beste Freundin. Wir haben zusammen die Ausbildung gemacht und gemeinsam immerhin drei Ehen überstanden: sie eine von mir und ich zwei von ihr. Auch wenn sich unsere Arbeits- und mithin Erlebniswelt krass unterschied, gab es eine Ebene, auf der wir keine Worte brauchten, um uns zu verstehen.

Wir saßen unter den blühenden Obstbäumen, tranken Weißwein und schnatterten viel dummes und so manches kluge Zeug. Ein Abend mit Birgit war wie eine Vitaminspritze, danach fühlte ich mich beschwingt und erfrischt.

Ich weiß nicht, wie wir auf Paris kamen. War es ihr uraltes Mercedes-Cabriolet, von dem sie mir berichtete, dass sie Angst hätte, es käme nicht mehr durch den TÜV? Birgit und ihr veilchenblaues Mercedes-Cabrio gehörten in etwa so zusammen wie Dick und Doof oder Tom und Jerry. Ich kann mich gar nicht mehr daran erinnern, was sie vorher für einen Wagen gefahren hat. Merkwürdigerweise musste ich bei der Erwähnung des Cabrios immer an Paris denken. Wir waren mit dem Ding nach ihrer ersten Scheidung zusammen in Paris gewesen und hatten laut die Ballade der Lucy Jordan gesungen, als wir in ihrem Mercedes mit heruntergelassenem Verdeck über die Champs-Élysées fuhren:

At the age of thirty-seven,
she realised she'd never
ride through Paris in a sports car,
with the warm wind in her hair

Danach waren wir in etwa so heiser wie Marianne Faithfull gewesen, aber glücklich. Wir hatten uns in dem kalten Juniwind beide erkältet. Und dieses Auto sollte jetzt nicht mehr fahrtüchtig sein?

„Ich muss ihn dringend in die Werkstatt bringen, nächsten Monat ist der TÜV fällig, aber ohne Auto bin ich im Moment ziemlich aufgeschmissen. Du weißt, dass ich jeden Abend zu meiner Mutter ins Heim fahren muss."

Und da kam mir die Idee.

„Paris", sagte ich.

Birgit glaubte zunächst, ich schwelgte in Erinnerungen.

„Ich muss dringend mal meinen Verlag in Paris besuchen“, sagte ich. „Und in der Zwischenzeit kannst du mein Auto haben.“

„Deal!“, sagte sie. Wir tranken jeder ein weiteres Viertel Weißwein darauf und machten uns dann mit einem Taxi auf nach Hause. Birgit wohnte in der Lietzenburger Straße, also nicht weit weg von meiner Wohnung in der Uhlandstraße.

Als ich nach Hause kam, wusste ich sofort, dass etwas nicht stimmte. Ich hätte nicht genau sagen können, was es war, aber etwas war anders. War es Semiramis, die nicht unter dem Bett hervorkam und mich nicht wie gewohnt mit Klagelauten begrüßte, die ein sofortiges Füllen ihres Schüsselchens, direkte Streicheleinheiten und Entschuldigungen für zu langes Fernbleiben einforderten? War es ein schwacher Geruch, den ich nicht kannte?

Ich zog meine Strickjacke aus und hängte sie an die Garderobe. „Hey, Semi, wo bist du, alte Schlampe?“, rief ich, weil ich durch die Tür sah, dass ein Papier auf dem Boden im Arbeitszimmer lag. Hatte die Katze wieder meinen Schreibtisch aufgeräumt?

„Diese Frage kann ich dir nicht beantworten!“

Die Stimme erschreckte mich zu Tode. Doch dann musste ich lachen. Ich hatte wohl aus Versehen Siri statt Semi gesagt. Oder hörte Siri gar nicht auf *Siri*, sondern auf *hey*?

„Hey, Siri, halt’s Maul“, rief ich in die Dunkelheit.

„Hier ist nichts, was angehalten werden müsste“, antwortete mir die Stimme aus dem iPod.

Ich schaltete das Licht im Arbeitszimmer an. Es lag nur

ein einziges Blatt auf dem Boden. Ich ging hin und hob es auf. Als ich es sah, durchzuckte mich ein Schreck. Es war der Artikel aus der *Bild*, den ich am Nachmittag im Internet gefunden hatte.

Bild, am 24. September 2016

Amanda: Zerstückelt und zu Dönerfleisch verarbeitet?

Unter der Überschrift prangte ein großes Foto von Vanessa: „Vanessa v. W., die Schlächterin von Prenzlberg".

Amanda El-Halabi wird seit März vermisst. Ihre Leiche wurde nie gefunden. Wie BILD jetzt erfuhr, hat der Staatsanwalt Anklage gegen Vanessa v. W. wegen Mordes an ihrer Schwester Amanda erhoben. Sie glaubt, dass Vanessa das Fotomodel in ihrer Wohnung getötet und anschließend auf dem Fleischgroßmarkt hat zerstückeln lassen. In der Wohnung der Beschuldigten wurde Blut von Amanda gefunden. Ein Zeuge bestätigte, dass ein Tiefkühlfahrzeug von Vanessas Arbeitgeber am frühen Morgen auf dem Fleischgroßmarkt in der Beusselstraße vor einem Zerlegebetrieb geparkt war.

Die Schwestern stammen aus einer nordrhein-westfälischen Fleischerdynastie, Vanessa hat bereits als Kind im Schlachthof gespielt.

Gerüchte, dass Amanda regelrecht geschlachtet wurde, kursierten seit Monaten, jetzt kamen durch den Zeugen weitere grausame Details ans Tageslicht. Direkt neben dem Zerlegebetrieb werden Dönerspieße für den Berliner Markt hergestellt. Die Knochenreste werden täglich abgeholt und in Brandenburg zu Knochenmehl verarbeitet. War Amandas Leiche so beseitigt worden? Wer hat Amandas Körper im Fladenbrot garniert mit Gurken und Zwiebeln verzehrt oder sich mit Zahnpasta, die fein gemahlene Knochen von Amanda enthielt, die Zähne geputzt? Diese Frage wird wohl nie geklärt werden.

Ich fand ja schon die Vorstellung von Amanda als Dönerfleisch widerlich, doch dass Zahnpasta Knochenmehl enthielt, war mir neu gewesen. Pfui Deibel!

Aber ich hatte die Seite nur abgespeichert im Ordner *VanessaswahreGe* und nicht ausgedruckt, weil ich erst mal Google bemüht hatte, ob es tatsächlich Knochenmehl in Zahnpasta gab. Wenn Semiramis inzwischen nicht gelernt hatte, den Computer einzuschalten und die Druckertaste zu betätigen, war jemand in meiner Wohnung gewesen. Mir wurde heiß. War derjenige vielleicht sogar noch da?

Mein Herzschlag setzte einmal aus. Die Katze war immer noch nicht zu sehen. Das hieß Gefahr – auch wenn Semiramis eine kleine Memme war, die sich erst raustraute, wenn der Besuch bereits vor einer Viertelstunde gegangen war. Langsam wandte ich mich um und schaute auf mein Whiteboard, an dem die meisten Artikel hingen, die ich ausgedruckt hatte.

Da sah ich eine Spiegelung im Fenster.

Hinter der Tür stand ein Mann.

Ich schrie!

Der Mann stürzte auf mich zu, instinktiv drehte ich mich um, der Mann drehte ebenfalls um, stürzte durch die Tür, rannte den Flur entlang, ich blieb wie angewurzelt stehen, meine Beine versagten, mein Herz raste, ich hörte mich selbst schreien. Mit lautem Krach fiel die Tür ins Schloss.

War er weg? Auf Zehenspitzen schlich ich Richtung Flur und linste um die Ecke. Der Mann war weg, er war wirklich weg.

Was hatte er hier gewollt? Ich hoffte, dass es sich um einen ordinären Einbrecher handelte. Mich durchzuckte ein Schreck. Die Passwörter! Natürlich hatte ich alle Passwörter von meinen Konten und Karten fein säuberlich in mein Telefonbuch eingetragen. Ich öffnete die oberste Schreibtischschublade, das rote Buch lag da, wo es immer lag. Natürlich besagte das noch nichts, derjenige hätte ja Fotos von den Seiten machen können. Meinen Autoschlüssel hatte ich beim Hereinkommen noch im Flur auf der Kommode gesehen, wir waren ja mit dem Taxi in die Kurfürstenstraße gefahren, weil die Parkplätze dort Mangelware waren.

Obwohl ich ahnte, dass der Mann nichts gestohlen hatte, ging ich in mein Schlafzimmer und prüfte die Schmuckkassette. Alles, was in diesem Haus von Wert war, schien noch da zu sein. Ich ging vor dem Bett in die Knie und suchte Semiramis. Das kleine Wuschelchen lag ängstlich zusammengekrümmt im hintersten Teil des Bettes. „Semi, komm raus, er ist weg, mein Schnuckelchen“, sagte ich. Semiramis gab keinen Laut von sich und schaute mich mit Panik im Blick an.

Meine Panik legte sich langsam, ich kam stöhnend wieder in die Vertikale und setzte mich aufs Bett. Was sollte ich tun? Die Polizei rufen? Es war kurz vor Mitternacht, wenn die Polizei kam und nach Fingerabdrücken suchen würde, könnte das bis zum frühen Morgen dauern. Und ich war mir sicher, dass der Mann Handschuhe angehabt hatte. Außerdem war ich todmüde.

Andererseits konnte ich jetzt nicht einfach ins Bett gehen und einen Einbruch ungeschehen sein lassen.

Tatsächlich glaubte ich zu wissen, weshalb der Mann hier gewesen war, der Ausdruck aus dem Drucker sprach Bände. Vanessa hatte mich gewarnt.

Deshalb entschied ich mich für die Polizei. Widerwillig rief ich die 110 an.

„Bei mir ist eingebrochen worden."

Es schlossen sich die üblichen Fragen an, der Beamte am Telefon versprach, einen Funkwagen zu schicken.

Ich ging in die Küche und braute mir einen starken Kaffee, es würde eine lange Nacht werden.

Wie sollte ich den Beamten klarmachen, was ich vermutete? Ich hatte mich Vanessas klaren Anweisungen widersetzt und Tanos direkt angerufen. Also ging ich davon aus, dass auf seine Anweisung hin erforscht werden sollte, was ich wusste und was ich plante.

Die zwei Beamten, die überraschend schnell eintrafen, stellten fest, dass die Tür nicht aufgebrochen worden war. Wie zum Teufel war der Kerl hier reingekommen? Über das Dach vielleicht? Ich hatte in dieser schönen Mainacht die Terrassentür offengelassen. Nur ein Wahnsinniger würde in der Uhlandstraße über die Dächer springen und von oben im fünften Stock einsteigen.

Ob ich den Täter beschreiben könne, fragten mich die Polizisten. Mehr als einen schwarzen Schatten hatte ich nicht gesehen, und in meiner Panik waren meine Sinne auch auf Schadensabwehr und nicht auf Beobachten gepolt gewesen.

„Sie sagten, der Einbrecher hätte eine Seite ausgedruckt, die sie abgespeichert hatten?“, fragte einer der beiden. „Wie konnte der Mann Ihren Computer entsperren?“

„Ich hatte den Computer nicht ausgeschaltet, weil heute Nacht Updates installiert werden sollten“, sagte ich. „Die Datei, um die es geht, liegt direkt auf meinem Desktop. Und ist für jeden, der danach sucht, gut beschriftet.“

Ich holte ein wenig aus, sah aber, dass die Polizisten einander bedeutungsvolle Blicke zuwarfen. Na klar, eine angetrunkene Krimiautorin wollte sich wichtig machen. Wahrscheinlich wollte die nur Publicity.

Daran hätte ich vorher denken sollen, dann hätte ich mir diese Farce erspart. Die beiden Männer verabschiedeten sich dann auch schnell, nicht ohne mich zu ermahnen, die Terrassentür zu schließen. Sie versprachen, am nächsten Tag einen Polizeitechniker vorbeizuschicken, der sich um die Fingerabdrücke kümmern würde.

Als die beiden endlich weg waren, war es kurz nach zwei. Semiramis war immer noch unter dem Bett, die Stimmen der beiden Polizisten hatten sie nicht eingeladen, aus ihrem Versteck herauszukommen.

Langsam zog ich mich aus. Okay, mir fehlte nichts, aber

irgendwie fühlte ich mich verletzt. Jemand war in meine Intimsphäre eingedrungen. Was hatte der Mensch sich alles angeschaut? Nur meinen Schreibtisch? Oder hatte er meine Schränke inspiziert, meine Unterhosen, meine BHs, vielleicht Geld unter meiner Matratze gesucht? Ich musste diesen schrecklichen Gedanken aus meinem Hirn entfernen. Ich schlüpfte unter die Dusche und ließ sündhafte Mengen heißen Wassers über meinen Kopf rieseln. Danach fühlte ich mich aufgeweicht, aber nicht weniger verletzt.

Recherchepläne

Am nächsten Morgen rief ich als Erstes Peter an und erzählte ihm von dem nächtlichen Störfall. Er war nicht ganz so überzeugt wie ich, dass der Einbruch auf das Konto von Tonis Familie ging. „Das hört sich gewaltig nach Räuberpistole an, ich würde an deiner Stelle von einem normalen Einbruch ausgehen."

Danach rief ich in der Lizenzabteilung meines Verlags an und fragte nach der Ansprechpartnerin in Frankreich, da ich sowieso nach Paris fahren wolle und gern mal beim Verlag vorbeischauen würde. Die Frau war ganz aufgeregt und meinte, sie würde gern den Kontakt herstellen und alles für mich organisieren. Ich hatte das Gefühl, dass sie ebenfalls auf eine Parisreise spekulierte, so wie sie sich ins Zeug legte. Von mir aus, ich hatte nichts dagegen.

Am Nachmittag bekam ich einen Anruf aus der JVA. Vanessa war wieder aufgetaucht.

„Na, wieder gesund?", fragte ich.

„Ja."

Ich fragte nicht, welche Krankheit sie ereilt hatte, und sie machte auch keine Anstalten, mir irgendetwas zu erklären.

„Wieso hast du Toni angerufen?", fragte sie mich. „Ich habe dich doch gewarnt!"

„Bei mir ist heute Nacht eingebrochen worden." Ich informierte sie über meinen nächtlichen Besucher und das vermeintliche Ziel des Einbruchs.

„Scheiße. Warum konntest du dich nicht zurückhalten, du hast dich völlig grundlos in Gefahr begeben."

„Grundlos nicht, aber ergebnislos", sagte ich. „Toni weigert sich, mit mir zu reden."

„Das hätte ich dir vorher sagen können."

„Wann bekomme ich neues Material von dir?"

„Lass mir ein paar Tage, ich komme gerade von der Krankenstation."

„Okay. Ich fahre nach Paris."

„Wann?", fragte sie.

„Das wird sich zeigen, ich gebe dir Bescheid."

Kaum hatte ich aufgelegt, klingelte mein Telefon. Es war Bertrand Fournier. Sieh mal an, das ging aber schnell. Ich sagte ihm, dass ich ein Buch über den Fall Amanda schreiben würde und gern mit ihm über Amanda reden würde, da ich wisse, dass er sie öfter fotografiert hatte. Durch die Vorkommnisse in der Nacht war ich vorsichtig geworden.

Aber auch Bertrand war vorsichtig. „Ich weiß nichts von Amanda, nur das, was in der Zeitung gestanden hat."

„Wenn ich nach Paris komme, können wir uns treffen?", fragte ich. Ich hörte ihn nachdenken.

In dem Moment ging mir auf, dass Amanda ihn wahrscheinlich auch vor ihrem Ehemann gewarnt hatte und er die Rache von Toni fürchtete. Deshalb hatte er sich wohl auch nicht gemeldet, aus Angst, in einen Mordfall verwickelt zu werden, von dem er nicht genau wusste, wer tatsächlich dahintersteckte. Und genau das wusste er auch nicht von mir. Mir kam eine Idee. Aber die musste ich erst mal realisieren. „Darf ich mir Ihre Telefonnummer aufschreiben?“, fragte ich, während ich die Nummer bereits von meinem Telefon abpinselte.

„Wie gesagt, ich habe keine Ahnung, was Amanda betrifft“, sagte er.

„Ich melde mich bei Ihnen“, sagte ich und verabschiedete mich.

Danach rief ich erneut bei der Lizenzdame meines Verlags an, um sie zu fragen, ob sie für mich eine Autogrammstunde in irgendeiner Buchhandlung organisieren könnte.

Doch sie kam mir zuvor: „Ich habe tolle Neuigkeiten für Sie. Unsere französischen Kollegen freuen sich sehr auf Sie und fragen, ob Sie bereit wären, eine kleine Lesung in einer der Fnac-Filialen zu geben, Sie sprechen doch Französisch?“

„Zumindest gut genug, um zu lesen.“ Eine Lesung bei Fnac würde ich natürlich nicht ausschlagen, ich liebte diese Buchhandelskette, die Läden waren reine Bücherparadiese. „Aber planen die so etwas nicht immer ziemlich lange im Voraus? Ich wollte eigentlich schon nächste Woche nach Paris“, wandte ich ein.

„Ich habe sowieso kurzfristig angefragt, und man sagte mir, dass es kein Problem sei. Wie wäre es mit nächster Woche Mittwoch?“

Die Woche war also ideal, ich hatte keinen einzigen Termin in meinem Kalender.

„Mittwoch wäre klasse", sagte ich.

„Claudine, das ist meine Kollegin in Paris, ruft Sie an", sagte meine Lizenzfrau.

Das lief ja wie am Schnürchen. Und Claudine meldete sich tatsächlich noch am selben Tag. Ob ich lieber im Fnac La Défense oder auf den Champs-Élysées lesen würde, fragte sie angenehmerweise auf Englisch, was ich wesentlich besser sprach als Französisch.

Ich musste lachen. Wenn schon, denn schon im Flagship-Store. Also Champs-Élysées.

„Darf ich Ihnen ein Hotel buchen?", fragte Claudine.

„Gern", sagte ich, da ich mir sicher war, dass der Verlag Sonderkonditionen mit irgendeiner Kette ausgehandelt hatte.

Claudine versprach, mir die Hotelbuchung und den Treffpunkt zu mailen. Wir verabredeten uns für Mittwoch bei Fnac auf einen Kaffee. Sie würde dafür sorgen, dass genügend Exemplare meines letzten Buches dort ausliegen würden. „Um die Werbung braucht man sich bei Fnac nicht zu kümmern, da sie täglich dort Veranstaltungen machen!", sagte Claudine. Umso besser.

Ich rief Bertrand Fournier noch einmal an. „Monsieur, mein Verlag veranstaltet für mich am kommenden Mittwoch eine Lesung bei Fnac auf den Champs-Élysées, um achtzehn Uhr. Das wäre doch ein sehr unauffälliger Ort. Wir könnten uns dort treffen und uns im Anschluss an die Veranstaltung unterhalten."

Bertrand hustete. Es gibt Namen, die öffnen einem in Frankreich viele Türen. Fnac war so einer, da war ich mir sicher.

„Bei Fnac? Hhm, ja, ich überlege mir das, okay?"

„Okay." Ich wusste, dass ich jetzt nicht mehr erreichen konnte. „Ich freue mich auf Sie", fügte ich selbstbewusst hinzu und legte auf.

Jetzt musste ich nur noch einen Flug buchen und mit meiner Freundin Birgit die Schlüsselübergabe für das Auto verabreden.

Ich ging – beschwingt die Ballade von Lucy Jordan summend – in die Küche und machte uns ein kleines Mittagessen: Rührei. Semiramis liebte Rührei.

Paris

Ich hatte mir vorgenommen, vier Tage in Paris zu verbringen. Einen Tag, bevor es losging, holte ich meine liebe Freundin von zu Hause ab. Wir juckelten gemeinsam zu Holger, dem Autodoktor, den sie bekniete, ihre „Veilchenpastille“, wie sie ihr Cabrio nannte, doch bitte, bitte wieder flottzukriegen. Zumindest so weit, dass er anstandslos den TÜV überstehen würde.

Das Gesicht von Holger sprach Bände. „Bist du sicher, dass sich das noch lohnt?“

„Ich bin mir sicher, dass, wenn es überhaupt einer schafft, du das bist.“

Gute Antwort, dachte ich.

Holger versprach, sein Bestes zu geben, und wir fuhren mit meinem Mini zurück. Ich parkte mein Auto auf meinem gemieteten Parkplatz im Parkhaus Kempinski Plaza, und wir zogen uns zum Abschied im Restaurant Zen noch eine Runde Sushis rein. Dann übergab ich die Schlüssel und meine Papiere an Birgit, die mir versprach, gut auf mein Schnuckelchen aufzupassen.

Als ich nach Hause kam, klingelte ich noch bei meiner Nachbarin Evelyn, um ihr die Wohnungsschlüssel zu geben. Evelyn war so nett, sich um Semiramis zu kümmern, wenn ich wegfuhr. Sie liebte Katzen, hatte aber in ihrem Job als Narkoseärztin so unregelmäßige Arbeitszeiten, dass sie sich selbst keine Katze anschaffen wollte. Dafür schätzte Semiramis meine polnische Nachbarin und ging sie sehr oft übers Dach besuchen.

Am nächsten Morgen flog ich frühmorgens gutgelaunt nach Paris. Ich freute mich auf drei freie Tage, die ich mir als Puffer für ein eventuelles Treffen mit Bertrand Fournier eingeplant hatte, die ich aber auch dazu nutzen würde, endlich mal wieder gemütlich am Quai des Orfèvres entlang der Seine spazieren zu gehen und im Kaufhaus Samaritaine viel zu viel Geld auszugeben. Ich würde in der Huitrerie Regis einen Austern-Boxenstopp einlegen und im Café de Flore einen Pastis auf Simone und Jean-Paul trinken.

Als wir auf dem Flughafen Charles de Gaulle landeten, war ich bereits voll im Paris-Fieber. Automatisch stellte ich mein Handy wieder auf Empfang und musste feststellen, dass mich halb Berlin erreichen zu wollen schien. *Och nö, Leute*, dachte ich, *jetzt habe ich mal ein paar Stunden Funkstille*, und nahm mir ein Taxi ins Hotel.

Claudine hatte mich im Hotel Lancaster untergebracht, das in der Nähe des Fnac-Stores lag. Sie war die Einzige, die ich kurz zurückrief, um zu bestätigen, dass ich gut angekommen war.

Ich stellte mein Gepäck im Zimmer ab und machte mich ein wenig frisch. Mein Magen meldete Bedarfe an, so dass ich mich zu einem kleinen Spaziergang rund um den Block entschloss, auch wenn es ein wenig nach Regen aussah. Da war ich wie ein Tier, ich musste immer erst mal meine Kreise um den Schlafplatz drehen, bevor ich mich niederlegte.

Die Restaurants in der Umgebung begeisterten mich nicht. Da gab es einen Italiener, einen Türken und einen englischen Pub. Der Concierge hatte mir noch einen Libanesen, einen Asiaten und eine Poké-Bar empfohlen. *Wie in Berlin*, dachte ich, da waren die deutschen Restaurants genauso ausgestorben wie hier offenbar die französischen. Als ich schon fast aufgeben wollte, fand ich in der Rue de Ponthieu dann doch einen kleinen Franzosen, das Le Sens Unique, der typische französische Bistroküche bot.

Ich konnte mich kaum entscheiden, die Speisekarte machte mich schon beim Lesen glücklich. Zum Schluss wählte ich die Kalbsnieren in Senfsauce und zur Krönung eine Tarte de Citron.

Satt und zufrieden trat ich den Rückweg ins Hotel an, wo ich noch ein Nachmittagsschläfchen halten wollte, bevor ich zur Lesung aufbrach. Ich legte mich aufs Bett, nahm mein Smartphone und rief Bertrand an. „Sehen wir uns heute Abend?"

„*Äh bäh*", sagte er, wobei ich nicht wusste, wie man das in Französisch schreiben könnte. „*Oui.*"

Das freute mich, und ich verabschiedete mich sogar auf Französisch. Es lief doch alles wie am Schnürchen.

Die Anrufe auf meinem Handy machten mich wahnsinnig, ich hatte zwar auf stumm geschaltet, doch natürlich sah ich, dass mich noch immer viele zu erreichen suchten.

Ich hatte jedoch noch immer keinen Bock zu telefonieren. Lustlos schaute ich auf die WhatsApp-Nachrichten.

Peter hatte geschrieben.

„Jane! Melde dich! Bitte! Habe von der Explosion im Parkhaus gehört. Ist alles okay mit dir?"

Explosion? Parkhaus? Ich setzte mich aufrecht aufs Bett und wählte Peters Nummer.

„Jane! Gott sei Dank. Ich bin schon krank vor Sorge. Du lebst!"

„Du hast doch gewusst, dass ich in Paris bin. Was ist denn los, was war das für eine Explosion?"

Der Laut, der vom anderen Ende der Leitung zu mir drang, klang wie ein Schluchzen. „Oh Gottogottogott", stöhnte er. „Wieso gehst du denn nicht ans Telefon, ich wähle mir hier seit Stunden die Finger wund."

„Peter, ich war im Flieger und wollte mal zwei Stunden meine Ruhe haben. Muss ich mich jetzt schon dafür entschuldigen, das dämliche Handy nicht angestellt zu haben!"

„Nein, entschuldige, Schatz, es ist nur, boah, mir schlottern die Knie."

„Darf ich jetzt endlich erfahren, was eigentlich passiert ist?", fragte ich, inzwischen ebenfalls in Sorge.

„Im Kempi-Parkhaus ist ein Wagen explodiert."

„Ach du Scheiße, weiß man schon, welcher?"

„Ja."

„Lass dir doch nicht alles aus der Nase ziehen!"

„Jane, wer hat dein Auto angelassen?"

„Mein Auto? Willst du damit sagen, dass mein Auto, mein Mini explodiert ist?"

„Das sage ich doch die ganze Zeit. Wer hat am Steuer gesessen?“

„Wieso, Birgit natürlich, meine Freundin. Ich habe das Auto meiner Freundin geliehen, weil ich vier Tage in Paris … Peter? Ist Birgit was passiert?“

Mir wurde kotzübel, ich musste die Spucke herunterschlucken, die sich in meinem Mund zu einem unschönen Gebräu sammelte.

„Jane, oh Gott, Jane, das tut mir so leid. Das ist ja furchtbar. Der Wagen ist beim Anlassen explodiert, es muss also jemand darin gesessen haben.“

„Wann ist das passiert?“, fragte ich, um überhaupt etwas zu fragen.

„Heute früh um halb neun. Du kannst dir vorstellen, was hier los war: Feuerwehr, Krankenwagen, die Uhlandstraße ist abgesperrt. Die hatten Angst, dass das Feuer die anderen Fahrzeuge entflammen würde.“

„Was ist mit Birgit?“, schrie ich ins Telefon.

„Das weiß ich nicht, sie haben gesagt, es wurde jemand lebensgefährlich verletzt, mehr nicht.“

„Was soll ich denn jetzt tun? Peter, ich habe gleich eine Lesung bei Fnac und treffe Bertrand Fournier. Ich kann nicht sofort zurückfliegen!“

„Das brauchst du auch nicht, was willst du auch hier? Im Gegenteil. Es will dich offensichtlich jemand umbringen. Da bist du in Paris besser aufgehoben als hier. Wenn die erfahren, dass sie nicht erfolgreich waren, ist der nächste Anschlag vorprogrammiert. Die Experten untersuchen bestimmt noch den Fundort, die Uhlandstraße ist jedenfalls immer noch gesperrt. Aber du solltest die Polizei anrufen und denen mitteilen, dass nicht du im Wagen gesessen hast, sondern deine Freundin."

„Peter, bitte, könntest du das für mich erledigen und mich auf dem Laufenden halten? Das waren die Leute von Tanos, ich bin davon überzeugt, dass die mir ans Leder wollen. Bitte, erzähle das, was ich dir gesagt habe, der Polizei. Weise auf den Einbruch bei mir letzte Woche hin. Bitte, Peter, ich schaffe das nicht von hier aus."

„Klar, das übernehme ich, mach dir darüber keine Sorgen. Ich versuche auch rauszukriegen, wie es deiner Freundin geht und was mit ihr ist. Im Übrigen habe ich die Ermittlungsakte zum Fall unserer Freundin Vanessa bekommen."

„Du bist ein Schatz", sagte ich zu Peter. Mir liefen unkontrolliert die Tränen aus den Augen. Meine Hände zitterten so stark, dass ich kaum in der Lage war, das Gespräch über die Aus-Taste zu beenden.

Jetzt wusste ich, warum halb Berlin mich zu sprechen wünschte. Selbst entfernte Bekannte wussten, dass ich einen grünen Mini fuhr, den ich im Kempi-Parkhaus abstellte. Ich schrieb eine kurze WhatsApp „Mir geht es gut, alles okay" und verschickte sie an alle meine Telefonkontakte. Wer damit nichts anfangen konnte, dem konnte die Nachricht egal sein.

Ich ging ins Bad und wollte mir eine Ladung Papiertücher aus dem Spender holen. Wie gut, dass ich schon auf dem Weg zum Klo war, denn in dem Moment kamen mir die Kalbsnierchen hoch. Heulend goss ich mir danach ein Glas Wasser ein und trocknete meine Tränen.

Was sollte ich denn jetzt tun? Ich schnäuzte mich. Mich wieder hinzulegen, kam nicht in Frage. Ich war viel zu aufgewühlt. Meine Herzensfreundin Birgit war lebensgefährlich verletzt, mein Fels in der Brandung, meine Stütze im Leben, der Mensch auf der Welt, mit dem ich am besten lachen konnte. Und weinen, dachte ich. Lebensgefährlich verletzt hieß doch aber, dass sie noch lebte, oder?

Ich war mir sicher, dass Peter das ganz schnell herausfinden würde. Wie spät war es eigentlich? Bereits kurz vor vier. Um fünf Uhr sollte ich mich mit Claudine bei Fnac treffen, um mit den Verlagskollegen alles abzusprechen. Verdammt, warum musste ich ausgerechnet heute Abend eine Lesung haben, dazu noch auf Französisch, was von mir höchste Konzentration forderte.

Ich rief Evelyn an. Sie ging nicht ans Telefon, wahrscheinlich hatte sie Dienst. Ich sprach auf ihre Quatsche, dass sie mich – egal zu welcher Tages- oder Nachtzeit, außer zwischen achtzehn und zwanzig Uhr – anrufen solle wegen der Explosion.

Es blieb mir nichts anderes übrig, als schnell unter die Dusche zu steigen und mein ramponiertes Gesicht mit ein wenig Make-up aufzuhübschen. Dabei konnte ich immer nur denken: Birgit, Birgit, Birgit. Ich war nicht in der Lage, irgendeinen vernünftigen Gedanken zu fassen.

Ich weiß bis heute nicht, wie ich diesen Abend überstanden habe. Die überbordende Freundlichkeit von Claudine und dem Filialleiter, die anstrengende Lesung in einer Sprache, die nicht die meine ist, die Fragen der Zuhörer, die eine Mitarbeiterin freundlicherweise auf Englisch übersetzte, das alles habe ich erlebt wie in Trance.

Ein Fotograf, der Bilder von mir auf der Bühne machte, ein Redakteur, der ein Interview machen wollte, ein Radiomikrofon, in das ich irgendwas gesagt habe. Und Bertrand Fournier.

Ich habe ihn von der Bühne aus erkannt. Er hatte sich nicht hingesetzt, er stand, an eine Säule gelehnt und sah genauso unverschämt gut aus wie auf seiner Website. Fournier gehörte zu der Sorte Männer, die für Frauen wie mich nicht erreichbar waren, aber die Frauen wie mich in ihren Träumen heimsuchten.

Als ich endlich fertig war, hatte ich das Gefühl, wie ein Puma zu riechen. Ich war schweißgebadet und wollte eigentlich nur noch weg.

Fournier hatte gewartet, mich beobachtet, mich aber nicht angesprochen. *Na, dann nicht*, dachte ich.

Ich ging auf die Toilette und checkte meine Nachrichten. Peter hatte mir eine Telefonnummer von einer Polizeidienststelle geschickt, wo ich unbedingt am nächsten Morgen anrufen sollte. Und die Nachricht, dass Birgit im Martin-Luther-Krankenhaus auf der Intensivstation liege und er leider nicht mehr erfahren könne.

Ich hoffte, dass Evelyn bald Feierabend hatte, vielleicht konnte ich von ihr etwas über Birgits Gesundheitszustand erfahren, schließlich arbeitete sie im Martin-Luther-Krankenhaus.

Als ich von der Toilette kam, sprach Bertrand mich an. „Madame Mansfield? Ich liebe Ihr Buch.“

„Jane", sagte ich. „Schön, Sie kennenzulernen."

„Gehen wir irgendwo was essen?"

„Können wir in mein Hotel gehen? Da gibt es auch ein Restaurant, ich möchte heute Abend nicht mehr draußen sein."

„*Bien sûr.*"

Auf dem Weg ins Hotel erzählte ich ihm nicht, dass mein Auto heute in Berlin in die Luft geflogen war. Ich hatte Angst, dass er es sich in letzter Minute noch anders überlegen würde. Doch ich berichtete ihm von meinem Deal mit Vanessa, versicherte ihm aber, dass ich nicht Vanessas Buch, sondern meinen eigenen Krimi schreiben würde. Wir hatten uns darauf geeinigt, Englisch zu sprechen.

Als wir in dem plüschigen Restaurant des Hotels saßen, das sich passenderweise *Monsieur* nannte, meinte er, dass er die Lesung richtig gut gefunden habe.

„Wir sollten aufhören, Höflichkeiten auszutauschen. Ich glaube, wir beide wissen, dass es um Leben und Tod geht in der Angelegenheit, wegen der wir uns getroffen haben."

„Also verstehen Sie, dass ich Angst habe."

„Oh, das wusste ich schon, bevor ich Sie angerufen habe. Und es ist auch richtig, in dieser Angelegenheit. Ich war selbst vielleicht sogar zu sorglos."

Der Kellner trat an unseren Tisch.

„Wir sollten erst mal bestellen", sagte ich. „Ein kleines Menü? Dann brauchen wir uns nicht mit der Speisekarte abzumühen." Mein Magen knurrte, da war außer drei Tassen Kaffee und einem Glas Wasser auch seit Stunden nichts mehr drin.

Nachdem uns der Kellner noch die passenden Weine empfohlen hatte, konnten wir uns endlich auf unser Gespräch konzentrieren.

„Inwiefern waren Sie zu sorglos?“, fragte Bertrand.

Ich erzählte ihm von dem Einbruch. Und von meiner Freundin. Dabei schossen mir die Tränen aus den Augen wie aus einer gebrochenen Wasserleitung.

„Entschuldigung“, sagte ich und hielt mir die Serviette vor das Gesicht.

„Unglaublich“, sagte er, „einfach unglaublich. Diese Arschlöcher.“

„Ja, das ist wohl die richtige Bezeichnung. Wollen Sie mir erzählen, wie das mit Ihnen und Amanda gewesen ist?“ Und dann sah ich, dass auch in seinen Augen Tränen schimmerten. Ich nahm seine Hand und drückte sie.

„Wir haben uns auf der Fashion Week in Berlin kennengelernt. Ich war von Mercedes-Benz als Fotograf engagiert worden, Amanda lief unter anderem für Marc Cain.“ Bertrand wischte mit dem Handrücken eine Träne weg, die sich auf seine Wange verirrt hatte. „Sie war mir schon während der Schau am Brandenburger Tor aufgefallen, als unsere Blicke sich trafen, das war, wie soll ich sagen, wie Nachhausekommen?“

„Liebe auf den ersten Blick?“

„So in etwa. Wir haben uns dann auf einem Empfang auf der Dachterrasse vom Hotel de Rome getroffen. Wir haben wie zufällig miteinander geredet, aber sie und ich, wir waren wie zwei Magnete, und wir beide wussten schon an diesem Abend, dass das nicht unsere letzte Begegnung werden würde. Ihr Mann Tanos war an diesem Abend ebenfalls dabei, sie hat ihn mir vorgestellt. Ich habe mich dann zu allen Schauen, auf denen sie gearbeitet hat, angemeldet, habe ihre Nähe gesucht, wenn ihr Mann nicht dabei war. Amanda hat sich gegen ihre eigenen Gefühle, hat sich gegen uns gewehrt, das dürfen Sie mir glauben."

„Darüber haben Sie also schon auf der ersten Fashion Week gesprochen?"

„‚Ich bin schwer verheiratet, *Bébé*', hat sie zu mir gesagt."

„Das stimmte wohl", sagte ich. „Wie sind Sie dann trotzdem zueinander gekommen?"

„Ich habe eine Modestrecke für die Vogue in Juan-les-Pins fotografiert. Mit Amanda."

Ich prostete ihm mit dem sehr guten Weißwein zu, den der Kellner uns bereits geöffnet und eingeschenkt hatte.

„Wann war das?", fragte ich.

„Knapp ein Jahr vor ihrem Verschwinden."

„Sie haben sich aber zwischendurch bei anderen Aufträgen gesehen?"

„Ja. Aus Sicherheitsgründen habe ich keine Shootings mehr mit ihr gemacht, sondern sie besucht, wenn sie im Ausland gearbeitet hat. Wir waren in etwa so diskret wie die Royals."

„Es begann also als nette kleine Affäre?"

„Nein, es begann mit einem Knall, und genauso hat es auch aufgehört. Das war keine kleine Affäre. Sie wissen, wie es ist, wenn man die Liebe seines Lebens trifft."

Wusste ich das? Wusste ich das wirklich? Ich war mir da nicht so sicher.

„Und dann?", fragte ich.

„Es wurde immer schwieriger. Die Zeiten, in denen wir uns nicht gesehen haben, fühlten sich an wie verschwendete Lebenszeit. Lass dich scheiden, habe ich gesagt. Ich will dich heiraten."

„Sie hatte Angst vor Toni", sagte ich.

„Nicht nur vor Toni. Eigentlich hatte sie mehr Angst vor seiner Familie."

„Weil die sowieso nicht damit einverstanden war, dass ihr wertvoller Spross eine Ungläubige geheiratet hatte?"

„So in etwa. Ich glaube, wenn Amandas Vater nicht gestorben wäre, hätte sie es niemals gewagt, sich scheiden zu lassen."

Diese Logik erschloss sich mir nicht. „Wieso?", fragte ich deshalb.

„Wegen des Testaments. Weil sie genauso wie ihre Schwester Vanessa erben wollte."

„Ich dachte, das sei ihr egal gewesen. Das behauptet zumindest Vanessa."

„Sie wollte nicht den Hof oder die Firmen haben, sie wollte, dass Vanessa sie auszahlt. Aber gerecht. Amanda hat für ihr Erbe eine sehr schwere Kindheit und Jugend gehabt, ihr Vater hat sie jahrelang missbraucht."

„Hat man das Amanda angemerkt?"

„Es war erstaunlich, was für eine starke Persönlichkeit sie trotzdem entwickeln konnte. Amanda hatte einen eisernen Willen und konnte kämpfen wie eine Löwin. Sonst hätte sie sich auch in dem Modell-Business nicht durchsetzen können. Nur mit einem hübschen Köpfchen kommt man auch in dieser Branche nicht sehr weit."

„Ich glaube, sie hat Tanos vor allem geheiratet, um ihrem Vater eins auszuwischen", sagte ich.

„Ja, und in mich hat sie sich wahrscheinlich auch verliebt, weil ich ebenso ein Feindbild ihres Vaters gewesen wäre."

Ich lächelte. Da hatte der Junge wahrscheinlich recht, ich musste an den Ausdruck „arabischer Hengst" denken, mit dem ihr Vater Tanos bedacht hatte. Was hätte er wohl über Bertrand gesagt? Latin Lover?

„Es stimmt also, dass Amanda Tanos verlassen wollte", stellte ich fest. „Wissen Sie, dass das in Deutschland nicht bekannt war? Im Gegenteil, die Medien schrieben von ihrer ach so glücklichen Ehe mit Toni."

„Ich glaube tatsächlich, dass Amanda mit Toni ganz und gar nicht unglücklich war. Sie haben durchaus harmonisch nebeneinanderher gelebt. Amanda hatte ihre Fotoaufträge, und er führte sein Geschäft. Sie hat mir versichert, dass ihre Ehe wirklich in Ordnung sei."

„Toni war nicht krankhaft eifersüchtig?"

„Das kann ich nicht wirklich beurteilen, ich habe ihn ja nur einmal auf der Dachterrasse vom Hotel de Rome in Berlin gesehen. Wir sind wie Bruder und Schwester, hat sie zu mir gesagt."

„Klingt nach einer Ehe, in der wenig Aufregendes passiert", sagte ich, mich vorsichtig vortastend.

„Angeblich hatten sie schon seit Jahren nicht mehr miteinander geschlafen."

„Glaubten Sie das?"

„Klar, weil ich es glauben wollte."

Schweigend aßen wir die Vorspeise. Dass das Restaurant sogar einen Stern hatte, sah man an deren Aufmachung.

Es gab eine Languste in einer Kokosnussvariation mit Piment d'Espelette. Das eigentlich einfache Gericht, das man in seinen Grundbestandteilen bei jedem Thailänder hätte finden können, war mit diversen Saucenklecksen und Firlefanz dekoriert, auf den ich gern verzichtet hätte. Aber es war mir heute sowieso egal, Hauptsache, ich saß irgendwo geschützt in einer Ecke und bekam Nahrung und Informationen. Und ich war nicht allein. Ich weiß nicht, was ich allein in meinem Hotelzimmer gemacht hätte. Wahrscheinlich wäre ich durchgedreht.

Als mein Telefon klingelte, bat ich Bertrand um Entschuldigung und ging schnell vor die Tür. „Hallo Evelyn", sagte ich, „ich habe von der Explosion im Parkhaus gehört."

„Ich dachte, die Scheiben platzen."

Oh je, da war Semiramis bestimmt seit Stunden unter dem Bett.

„Es war wohl mein Auto."

„Ja", antwortete sie, „die Polizei war hier, sie wollten dich sprechen, ich habe ihnen gesagt, dass du nach Paris geflogen bist. Sie wollten wissen, wer in dem Wagen gesessen hat."

„Meine Freundin Birgit. Angeblich hat man sie ins Martin-Luther gebracht. Weißt du was davon?"

„Ja, ich habe davon gehört. Allerdings hat meine Schicht erst um elf begonnen." Sie klang betreten. Was sollte das heißen?

„Weißt du, wie es ihr geht?", fragte ich.

„Sie – äh – also. Jane? Sie hat üble Verletzungen. Irreversibel. Meine Kollegen haben ihr Bestes versucht, aber ehrlich, Jane, von dem, was ich gehört habe, ich wünsche ihr, dass sie nicht aufwacht."

Die Straße schien sich einmal um sich selbst zu drehen. „Soll das heißen, dass sie bleibende Schäden …"

„Das soll heißen, nichts ist mehr da, wo es hingehört, verstehst du. Da nützt der beste Chirurg nichts, und Heiner ist der beste. Sie haben sieben Stunden operiert. Und selbst wenn sie wieder aufwacht, werden noch viele Operationen folgen. Bete für sie, Jane, bete, dass sie nicht aufwacht."

„Kümmerst du dich noch um Semi?", fragte ich tonlos.

„Sie ist bestimmt immer noch unter dem Bett." Evelyn sprach mit ihrem harten polnischen Akzent fast fehlerfrei Deutsch.

„Danke, Evelyn. Kannst du mich Birgit betreffend auf dem Laufenden halten?"

„Ja. Ja, natürlich. Wann kommst du zurück?"

„Ich weiß es noch nicht. Kommt darauf an."

Fröstelnd zog ich meinen Blazer enger um mich, ein leichter Nieselregen hatte eingesetzt und ließ die Neonfarben ineinanderfließen. Oder waren es meine Tränen, die die Farben fortspülten?

Als ich wieder im Restaurant saß, sah man mir den Schock wohl an. Bertrand bedeutete dem dezent wegschauenden Kellner, dass ich dringend einen Schluck Wein benötigte. Ich hasse Kellner, die vornehmer sein wollen als ihre Kunden, egal, wie viele Sterne ein Restaurant hat, die sollen sich benehmen wie normale Menschen und nicht wie die Kammerdiener Ihrer Majestät.

„Ich brauche einen Schnaps", sagte ich auf Englisch zu Seiner Hochwohlgeboren. Er erklärte mir, dass ein Quetsch von irgendeiner hochdekorierten Brennerei in unserer Weinbegleitung als Digestif serviert werden würde.

„Sie will ihn jetzt", sagte Bertrand. „Bitte."

Danke, dachte ich.

Ich berichtete Bertrand von meinem Telefonat.

Jetzt drückte er meine Hand.

Ich erzählte ihm von Birgit und wie wir gemeinsam ihre erste Scheidung in Paris gefeiert hatten.

Bertrand lächelte traurig. „Glauben Sie wirklich, dass Tanos eine Autobombe an Ihrem Auto angebracht hat? Warum sollte er das tun?"

„Weil er verhindern will, dass die Wahrheit ans Licht kommt."

„Was ist die Wahrheit?"

„Vielleicht, dass man die Falsche in der Knasthölle schmoren lässt. Bitte, erzählen Sie mir weiter, wie es war, mit Amanda und Ihnen."

„Ja, klar, darin liegt wahrscheinlich der Schlüssel zu allem. Nachdem Amandas Vater gestorben war, hat sie mir mitgeteilt, dass sie sich scheiden lassen will."

„Wie haben Sie denn kommuniziert? Doch sicher nicht über ihr Smartphone."

„Nein, sie hat sich oft ein Telefon von einer Kollegin geliehen. Oder von der Friseurin oder der Stylistin oder einem Fotografen. Wie gesagt, wir waren äußerst dezent, ich hätte nie geglaubt, dass Toni uns auf die Schliche kommt."

„Ich denke immer, dass ein Partner merkt, wenn der andere fremdgeht, vor allem wenn es ernst ist."

„Amanda hat mir geschworen, dass Toni nichts gemerkt hat. Der sei sowieso mit seiner Firma beschäftigt, hat sie gesagt."

„Seit wann haben Sie über die Scheidung gesprochen?"

„Sie hat mich aus Versmold angerufen. Sie hat erzählt, sie habe mit ihrer Schwester gesprochen, sie würde uns helfen."

„Wie hatte sie das gemeint?"

„Wir haben uns kurz darauf bei einem ihrer Shootings in London getroffen. Da haben wir alles durchgeplant. Amanda meinte, dass Toni nie freiwillig in die Scheidung einwilligen würde. Deshalb müsste sie ein Jahr spurlos verschwinden, weil sie dann in Deutschland auch ohne Einwilligung ihres Ehemanns geschieden werden konnte. Allerdings war klar, dass sie ein Jahr nicht würde arbeiten können. Deshalb hatte sie ihre Schwester eingeweiht, die ihr Geld schicken sollte."

„Amanda hatte selbst nicht genug Geld?"

„Darauf würde Toni als Ehemann zugreifen, das Recht hatte er laut Ehevertrag. Ich habe gesagt, das wäre egal, ich verdiene doch genug für uns beide. Aber das wollte Amanda auf keinen Fall."

Sie wollte sich sicher nicht abhängig machen, dachte ich. „Vanessa hatte ihr also zugesagt, ihr zu helfen, das hat sie mir auch erzählt."

„Wir haben vereinbart, dass wir nur auf einen günstigen

Moment warten mussten. Als Amanda den Fotoauftrag in der Kulturbrauerei annahm und sie erfuhr, dass Tanos am Vorabend einen wichtigen geschäftlichen Termin hatte, war das unser Startschuss. Ich flog nach Berlin, mietete einen Wagen und wartete in der Tiefgarage der Kulturbrauerei."

„Ach, nicht in der Tiefgarage vom Haus der Schwester?"

„Nein, Amanda wollte auf Nummer sicher gehen. Falls sie jemand verfolgte, sollte es so aussehen, als ob sie tatsächlich zu ihrem Job ging."

„Wieso haben Sie sich nicht schon am Vorabend verabredet, Sie hätten doch mehr Vorsprung gehabt?"

„Es sollte alles so normal wie möglich erscheinen. Es würde einige Stunden dauern, bis der Kollege Alarm schlug, und dann würde es wiederum einige Zeit dauern, bis die Polizei benachrichtigt werden würde. Bis dahin hätten wir Deutschland in jedem Fall verlassen."

„Aber Ihnen muss doch klar gewesen sein, dass es ein riesiges Aufsehen erzeugen würde, wenn eine so schöne Frau wie Amanda, die dazu noch als Model international erfolgreich war, einfach von der Bildfläche verschwinden würde."

„Das war uns bewusst. Aber wir sind nicht auf den Gedanken gekommen, dass die Polizei von Mord ausging."

„Sie haben also im Parkhaus gewartet. Und dann?"

„Nichts und dann. Amanda kam nicht. Ich habe fünf Stunden in dieser Tiefgarage gehockt, dann bin ich die ganzen Straßen rund um das Wohnhaus ihrer Schwester abgefahren."

„Warum sind Sie nicht zur Polizei gegangen?"

„Ich wusste ja nicht, was los war, es hätte auch sein können, dass Toni sie abgefangen und überzeugt hat, heimzukommen. Es gab keine Nachricht von ihr, und ich hatte das Handy, das ich in Paris besorgt hatte, noch bei mir. Es gab keine Möglichkeit, sie zu erreichen, ohne Toni auf meine Spur zu setzen."

„Da sind Sie dann ganz heimlich, still und leise zurück nach Paris gefahren?"

„Genau das."

„Haben Sie denn nichts mehr von Amanda oder Vanessa gehört?"

„Doch, kaum war ich zu Hause, bekam ich ein Paket. Vanessa hat mir eine Skulptur ihres Mannes geschickt. Im Sockel der Skulptur hatte sie zwanzigtausend Euro versteckt. Dabei lag ein Brief: *Vielen Dank für Ihre Bestellung. Anbei die Skulptur ‚Vorauseilender Gedanke' von Leander von Wolfrathshausen.*"

„Wieso war das Geld versteckt?"

„Das Paket kam ganz normal mit UPS. Da muss man den Wert angeben, es gibt zwar keinen Zoll mehr, aber Geldbeträge in dieser Höhe muss man anmelden. Und das wollten die beiden vermeiden. Amanda hatte mir gesagt, dass Vanessa ihr Geld schicken würde, versteckt in irgendetwas."

„Ihr Mann war Künstler, da gingen natürlich öfter Skulpturen irgendwohin, das war also keine schlechte Idee."

„Das hatten die beiden Mädels wohl zusammen ausgeheckt. Als die Skulptur kam, wusste ich, dass irgendetwas passiert sein musste. Denn Vanessa schien ja davon auszugehen, dass Amanda bei mir war."

„Es war die einzige Geldsendung, die Sie erhalten haben?“

„Ja. Die einzige. Ich habe dann nach Amanda gegoogelt. Da sah ich, dass die Medien in Deutschland berichteten, dass Amanda spurlos verschwunden sei. Da sie nicht bei mir war, wo war sie dann? Es musste etwas Schreckliches passiert sein. Man braucht nicht viel Fantasie, um sich vorzustellen, was passiert ist. Ich gehe davon aus, dass ihr liebender Ehemann, wenn schon nicht selbst, so doch mithilfe seiner ehrenwerten Familie sich um seine untreue Ehefrau gekümmert hat.“

„Und Sie haben auch dann nicht die Polizei verständigt?“

„Nein, ich hatte Todesangst. Wenn die in der Lage waren, die Frau zu beseitigen, was würde mir dann blühen? Ich habe gehofft und gebetet, dass mein Name nirgendwo auftauchte. Nennen Sie mich einen Feigling, aber seitdem drehe ich mich ständig um, wenn ich irgendwo langlaufe, ob mich jemand verfolgt. Ich bleibe vor Schaufenstern stehen und schaue, ob ich jemanden wiedererkenne. Nein, Jane, ich bin nicht lebensmüde. Deshalb habe ich auch gezögert, Sie zu treffen. Aber ich wollte hören, was wirklich passiert ist.“

„Wie hat Vanessa erfahren, dass Amanda nicht bei Ihnen ist?“

„Ich hatte den Medien entnommen, dass Vanessa wieder in Versmold war und sich um die Leitung ihrer Firmen kümmerte. Deshalb habe ich dort angerufen. Ich dachte mir, dass die Firmenleitung nicht von Tanos überwacht wird.“

„Sie haben also mit ihr gesprochen. Was hat sie Ihnen gesagt?“

„Ich habe mich ganz artig vorgestellt und gesagt, mein

Name sei Bertrand Fournier, ich hätte ab und an mit Amanda gearbeitet und hätte jetzt per Zufall erfahren, dass sie verschwunden sei. Sie sagte: ‚Ach, Bertrand Fournier, ich glaube, Sie haben schon mal von meinem Mann eine Skulptur gekauft. Leander von Wolfrathshausen. *Der vorauseilende Gedanke*, stimmt's?' Das habe ich natürlich bejaht und gesagt, die Skulptur sei defekt, ob ich sie zurückschicken könnte. Sie hat gesagt, ich soll die Skulptur behalten, sie könne mir eine neue schicken. Und ich habe gesagt, nein, eine neue würde ich nicht brauchen, ich sei alleine und hätte nicht so viel Platz in meiner Wohnung."

„Das klang aber so, als ob Vanessa das Gefühl hatte, dass die Polizei mithört."

„Genau so klang es. Später habe ich dann gelesen, dass sie Vanessa verhaftet haben und sie in einem aufsehenerregenden Prozess verurteilt wurde."

„Zu Unrecht, wie ich denke", sagte ich.

„Das denke ich auch. Amanda hat nur gut über ihre Schwester gesprochen. Ich kann mir beim besten Willen nicht vorstellen, dass Vanessa etwas mit ihrem Tod zu tun hat."

„Aber Sie hätten sie retten können. Mit dem, was Sie mir eben erzählt haben, ist Vanessas Unschuld doch bewiesen."

„Ich sagte doch, ich bin ein Feigling."

„Nö", sagte ich schief lächelnd, „Sie sind ein Mann." Selbst in den traurigsten Momenten konnte ich mein Schandmaul nicht halten.

„Hätte ich sie retten können? Ich hätte mich in Gefahr begeben, und sie wäre vermutlich trotzdem verurteilt worden. Schließlich gab es eine Zeugenaussage gegen sie."

Ja, die Zeugenaussage. Ich musste mir das in der Ermittlungsakte ansehen, die Peter mir besorgt hatte.

„Vanessas Mann Leander ist ebenfalls bei einem dubiosen Unfall ums Leben gekommen“, sagte ich. „Ich vermute, dass das auch Tanos war. Vielleicht war dieser hinter Amandas Geheimnis gekommen und hatte sie ebenfalls gedeckt.“

„So wird es gewesen sein. Es gab so viele Unfälle in der Familie. Der Vater ist ja auch bei einem merkwürdigen Unfall umgekommen.“

„Das einzig Merkwürdige war, dass es sein eigener Firmenlaster war, auf den er raufgeknallt ist“, sagte ich. „Oder denken Sie, dass auch da Tanos dahintersteckt?“

„Das könnte ich mir gut vorstellen. Der Vater hat Toni ständig gedemütigt. So was können diese Menschen schlecht vertragen, Respekt ist da etwas Heiliges.“

Ich musste an die Rotkohlszene zu Weihnachten denken, die Vanessa mir geschildert hatte. „Das könnte stimmen.“

„Was machen Sie denn jetzt mit dem Stoff?“, fragte Bertrand.

„Ich werde dafür sorgen, dass der Prozess gegen Vanessa neu aufgerollt wird.“

„Sie haben keine Angst vor Tanos?“, fragte er.

Natürlich hatte ich jetzt Angst. Eine Scheißangst. Aber eine Jane Mansfield schüchterte man nicht ein, schon deshalb nicht, weil ich den Menschen, der meine Freundin Birgit und meinen geliebten Mini in die Luft gejagt hatte, nicht ungeschoren davonkommen lassen wollte. Den Kerl würde ich jagen bis zum Sankt-Nimmerleins-Tag. Längst war der zweite Gang gekommen, den wir beide nicht angerührt hatten.

„Die Nachspeise und noch einen Schnaps", sagte ich zu dem hochnäsigen Kellner. Auf Englisch, was er ja sicher verstand.

„Hier", sagte Bertrand. Er hatte etwas in seinem Smartphone gesucht. „Damit Sie mir glauben. Das ist *Der vorauseilende Gedanke* von Leander von Wolfrathshausen." Er zeigte mir eine Skulptur, die auf einem Marmorsockel stand. „Sie hat einen Ehrenplatz in meiner Wohnung. Immer, wenn ich sie ansehe, muss ich an Amanda denken, es ist so etwas wie ihr Denkmal."

„Können Sie mir das Bild auf mein Handy schicken?"

„Das erledigen wir sofort."

„Sehr schön", sagte ich und bat den Kellner um die Rechnung. „Ich werde Sie auf dem Laufenden halten. Dass es Sie gibt, ist im Übrigen amtlich, Vanessa hat Sie in ihren Briefen erwähnt, die von der Justiz gelesen werden."

Zurück in Berlin

Natürlich habe ich in der Nacht kein Auge zugetan. Denn immer, wenn ich einzuschlafen versuchte, sah ich das Bild meines explodierenden Minis vor mir und das Gesicht meiner Herzensfreundin, das wie ein zertrümmerter Spiegel in tausend Scherben zersprang. Die Gedanken in meinem Kopf rasten und versuchten, einander zu überholen. Es gab nur einen, auf den all das zeigte: Tanos El-Halabi. Ich versuchte, mich zu erinnern, ob Vanessa mich nur in der JVA vor Toni gewarnt oder ob sie das auch geschrieben hatte.

Es musste den Behörden doch auffallen, dass ich Opfer eines Anschlags geworden war, nachdem ich von Vanessa die Hintergründe von Amandas Verschwinden erhalten hatte. Ich hatte mich in der Nacht entschieden, am nächsten Morgen nach Hause zu fliegen, um in Berlin den Fall Amanda neu aufzurollen und mit der Polizei zusammenzuarbeiten. Ich würde sorgfältig die Ermittlungsakte studieren und mit Vanessas Aussagen vergleichen. Im Übrigen müsste inzwischen von Vanessa ein weiterer Brief mit ihren Erinnerungen zu Hause eingetroffen sein.

Kaum sah ich das erste Morgenlicht durch die Gardinen, setzte ich mich auf und googelte, welche Maschine mich wann nach Berlin bringen könnte. Ich fand einen frühen Flug von Air France, der noch freie Plätze bot. Wenn ich mich beeilte, könnte ich um halb elf in Berlin sein. Ich sprang also aus dem Bett, machte Katzenwäsche, raffte meine Klamotten zusammen und checkte aus.

Tatsächlich schaffte ich es trotz des Staus auf der Autobahn, früh genug am Gate zu sein. Allerdings war ich einmal durchgeschwitzt, denn den Weg zum Gate hatte ich im Schweinsgalopp zurückgelegt.

Vom Taxi aus hatte ich die Nummer der zuständigen Polizeidienststelle angerufen, die Peter mir geschickt hatte. Ich wurde gebeten, direkt vom Flughafen aus zum LKA in die Keithstraße zu kommen.

Im Flugzeug fand ich eine Meldung in der *Berliner Morgenpost.*

Berliner Morgenpost

„Ich dachte, ein Haus stürzt ein"

Am Mittwochmorgen explodierte ein grüner Mini Cooper im Parkhaus Kempinski Plaza in der City West.

Während Ermittler einer Mordkommission am Unglücksfahrzeug und den abgesprengten Wrackteilen Spuren sicherten, sammelten sich vor dem Parkhaus Schaulustige. Eine Frau, die in einem benachbarten Friseursalon arbeitet, schilderte eine enorme Detonation. „Ich stand vor dem Laden und rauchte, als es passierte. Es klang, als ob das Haus einstürzt, ich wusste gar nicht, woher die Explosion kam."

Ebenso entsetzt äußert sich der 23-jährige Mesut M. Er hatte mit seinem Auto an der Ampel Uhlandstraße gestanden, als er eine Explosion hörte. „Der Boden hat vibriert. Ich wusste nicht, was ich tun soll."

„Nach dem ersten Schreck", erzählt Michael B., der im Hotel Bristol arbeitet, „habe ich gedacht, das ist bestimmt ein Bombenanschlag. Ich habe sofort an die Terroranschläge vom Breitscheidplatz gedacht."

Eine junge Frau steht vor der Garage und zittert. „Ich war in der Garage, als ich plötzlich eine Druckwelle spürte, und fast gleichzeitig gab es einen Knall. Ich hab gedacht, das Parkhaus fliegt in die Luft. Ich kann immer noch nicht richtig hören", sagt Lisa S.

Autofahrerin durch Sprengsatz lebensgefährlich verletzt – was bislang bekannt ist

Die Polizei ermittelt in alle Richtungen. Die Fahrerin des Wagens, bei der es sich vermutlich um die 52-jährige Birgit S. aus Charlottenburg handelt, wurde mit lebensgefährlichen Verletzungen ins Martin-Luther-Krankenhaus gebracht. Die vermutliche Fahrerin des Wagens war nicht identisch mit der Halterin des Wagens, die bisher noch nicht erreicht werden konnte. Die Hintergründe des Anschlags sind völlig offen. Handelte es sich um einen gezielten Mordanschlag auf Birgit S. oder auf die Halterin des Wagens oder gibt es einen terroristischen Hintergrund oder steckt das organisierte Verbrechen hinter dem Anschlag?

Die Polizei bittet Zeugen, die etwas Verdächtiges in dem

Parkhaus gesehen haben, sich umgehend zu melden. Hinweise nimmt jede Polizeidienststelle oder das LKA unter (030) 4664-9112345 entgegen.

Bei der Polizei

Vom Taxi in Berlin aus rief ich im Martin-Luther-Krankenhaus an. Man wollte mir keine Auskunft geben. Na klar, da konnte ja jeder kommen.

„Mir gehörte der Mini", schrie ich ins Telefon, „bitte, ich möchte wissen, wie es meiner Freundin geht." Aber die Frau, die ich am Telefon hatte, war unerbittlich. „Tut mir leid, ich habe meine Anweisungen."

Ich versuchte, Evelyn zu erreichen. Aber es war nur ihr Anrufbeantworter zu erreichen. Schnell sprach ich ihr eine kurze Nachricht drauf.

Dann rief ich Peter an. „Ich bin wieder in Berlin."

„Warst du schon bei der Polizei?"

„Bin gerade auf dem Weg dahin. Zaubern kann ich auch nicht."

„Gut", sagte Peter. „Wenn du da fertig bist, komm doch bei mir in der Kanzlei vorbei, dann können wir reden, und ich kann dir die Ermittlungsakte geben."

In der Keithstraße wurde ich von Kommissarin Pietsch in einen weiß gestrichenen Raum geführt. Hauptkommissar Kellermann kam dazu. „Danke, dass Sie so schnell gekommen sind", sagte er. „Ihr Rechtsanwalt hat uns gestern bereits informiert, dass Sie die Halterin des betroffenen Wagens sind und sich in Paris aufgehalten haben. Aus welchem Grund hat Frau Schulz Ihren Wagen benutzt?“

„Das Mercedes-Cabrio von Frau Schulz musste für den TÜV fit gemacht werden.“ Ich sah ihn fragend an. „Kann ich bitte einen Kaffee bekommen?“ Mein Kreislauf drohte gerade in sich zusammenzufallen.

„Ich besorge einen“, sagte Kommissarin Pietsch. Hier waren wohl noch die Frauen für den Kaffee zuständig, dachte ich.

„Sie haben also Ihrer Freundin das Auto geliehen“, sagte Kellermann.

„Ich will wissen, wie es ihr geht.“ Das kam lauter, als ich beabsichtigt hatte. „Bitte, man will mir im Krankenhaus keine Auskunft geben. Kann ich zu ihr?“

„Frau Schulz liegt auf der Intensivstation. Es sieht nicht gut aus, um ehrlich zu sein. Sie ist gestern mehrere Stunden operiert worden, immerhin hat sie die Nacht überstanden. Mehr wissen wir auch nicht.“

„Hat sie denn irgendetwas gesagt?“

Kellermann schüttelte den Kopf.

„Und man kann nicht zu ihr? Sie hat doch sonst niemanden, ihr Sohn lebt in England.“

„Wir konnten ihn noch nicht benachrichtigen, haben Sie seine Adresse?“, fragte Kommissarin Pietsch, die gerade mit einem Kaffeepott zurückkam.

„Danke“, sagte ich. „Ich habe die Adresse nicht, aber die müsste in ihrer Wohnung sein. Oder in ihrem Smartphone. Ist ihr Smartphone denn nicht gefunden worden? Oder ist das auch zerstört worden bei der Explosion?“

„Der Name des Jungen würde uns schon reichen“, sagte Kommissarin Pietsch.

„Timo. Timo Behringer, er heißt wie sein Vater, Timo ist Birgits Sohn aus erster Ehe. Er wohnt in Camden, soviel weiß ich. Timo ist Banker.“

„Wie alt ist er?“, fragte die Pietsch.

„Hhm, also, ich schätze um die dreißig. Also Ende zwanzig.“

„Danke“, sagte die Kommissarin und erhob sich.

Ich nahm an, dass sie die Angaben sofort in die richtige Pipeline bringen wollte.

„Wer wusste, dass Sie Ihrer Freundin das Auto geliehen haben?“, fragte Kellermann.

„Holger. Das ist unser Schrauber.“

„Adresse?“ Ich nannte sie ihm.

„Und wer noch?“

„Niemand. Das geht doch auch keinen was an.“

„Wer wusste, dass Sie nach Paris geflogen sind?“

Ich dachte nach. Das waren mehr Menschen, als ich zunächst geschätzt hätte.

„Da ist meine Nachbarin Evelyn. Also Frau Dr. Baster. Die füttert meine Katze. Und mein Verlag. Die Lizenzabteilung in München. Und der Verlag in Paris. Und die Fnac-Mitarbeiter. Bertrand Fournier.“

„Wer ist das?“

„Ein Fotograf, mit dem ich in Paris verabredet war.“

„Adresse?“

„Keine Adresse, nur eine Telefonnummer.“ Ich gab sie ihm.

„Frau Schulz lebte alleine?“, fragte Frau Pietsch.

„Ja, sie ist vor zwei Jahren geschieden worden."

„Böse geschieden?", fragte die Pietsch.

Ich lächelte sie an. Die Frau hatte Lebenserfahrung. „Ja", sagte ich, „ziemlich böse."

„Für sie oder ihn?", fragte Kellermann.

„Für beide. Für sie, weil sie verlassen wurde, für ihn, weil es teuer wurde."

„Ihr geschiedener Mann musste also Unterhalt bezahlen?", fragte Kellermann.

„Nein, Birgit hat ja immer gearbeitet."

„Was ist ihr Beruf?", fragte die Pietsch.

„Sie ist Verwaltungsfachwirtin und arbeitet beim Wirtschaftssenat. Unterhalt muss ihr Mann nicht zahlen. Aber sie hat eine kräftige Abfindung erhalten", sagte ich und musste innerlich immer noch lächeln, wenn ich daran dachte, wie wir gemeinsam den Coup geplant und durchgezogen hatten. „Wenn Sie wissen wollen, ob er oder seine junge neue Frau von einem Anschlag auf Birgit profitieren würden, dann muss ich das verneinen. Ich glaube auch, dass der Anschlag mir gegolten hat."

„Sie haben also Feinde?", fragte Kellermann.

„Wenn ich mit über fünfzig keine Feinde hätte, dann hätte ich wohl etwas falsch gemacht in meinem Leben. Aber ich fürchte, ich weiß genau, wieso man einen Anschlag auf mich verübt hat."

Und dann erzählte ich den beiden Kommissaren, woran ich gerade arbeitete, welche Informationen ich von Vanessa bekommen hatte und dass ich bereits vor einigen Tagen Opfer eines Einbruchs geworden war.

„Die Mordsache Amanda El-Halabi also“, sagte Kellermann. Die Blicke von Kellermann und Pietsch trafen sich.

„Deshalb hat sich Ihr Anwalt die Ermittlungsakte besorgt, ja?“

„Sie wissen davon?“

„Unser Dezernat hat den Fall damals bearbeitet“, sagte Kellermann.

„Ich würde Ihnen gern die Aussagen von Vanessa von Wolfrathshausen zur Verfügung stellen. Die Frau sitzt mit Sicherheit unschuldig im Gefängnis.“

„Das glauben Sie wirklich?“, fragte die Kommissarin.

„Ja, vor allem nach dem Anschlag. Wenn ich recht informiert bin, wird bei Autobomben doch auch immer im Bereich Organisierte Kriminalität ermittelt, oder irre ich mich da?“

„Stimmt. Wir arbeiten auch eng mit den Kollegen vom LKA 41 zusammen. Wie kommen Sie darauf, dass organisierte Kriminalität hinter dem Anschlag steckt?“

„Tanos El-Halabi“, sagte ich.

Wieder wechselten die Beamten einen Blick.

„Soweit wir wissen, ist das ein unbescholtener Bürger“, sagte Kellermann. „Der Mann ist Deutscher, nicht vorbestraft und führt ein seriöses Geschäft.“

„Ich schicke Ihnen meine Unterlagen. Ermitteln müssen Sie selbst. Ich bin davon überzeugt, dass Tanos dahintersteckt. Und wenn nicht er selbst, so doch seine Familie. Die ist nicht ganz so unbescholten wie er, nehme ich an.“

„Und was sollte Ihrer Meinung nach mit diesem Anschlag bezweckt werden?“

„Dass ich aufhöre, im Fall Amanda zu recherchieren oder das Buch zu schreiben, das ich plane. Es ist eine Schuldige für den Tod Amandas gefunden worden, und die darf in der Hölle schmoren."

„Und wie hat Herr El-Halabi von Ihren Recherchen erfahren?", fragte die Polizistin.

„Ich war so blöd und habe ihn angerufen, weil ich ihn interviewen wollte."

„Hat er mit Ihnen gesprochen?"

„Er hat mir bedeutet, es sei besser für mich, die Toten ruhen zu lassen."

„Kein schlechter Ratschlag, wenn man sich das Ergebnis ansieht", sagte Kellermann und lächelte schief.

„Kann ich jetzt gehen?"

„Natürlich", sagte Kellermann. „Wir wissen ja jetzt, wo wir Sie erreichen können."

Ich ließ mir von ihm ein Taxi rufen und fuhr direkt zu Peter. Irgendwie kam ich mir blöd vor, überall mit meiner Reisetasche aufzutauchen, aber ich wollte so schnell wie möglich mit meinem Freund reden.

In der Kanzlei

Als ich in seine Kanzlei kam, bat mich Peters Notariatsgehilfin noch ein wenig zu warten, Peter hätte im Moment Klienten. Sie platzierte mich in seinem Konferenzraum und brachte mir einen Kaffee.

Es war inzwischen halb zwei, ich hatte noch nichts im Magen, der entsprechend knurrte. Auf dem Tisch stand eine Gebäckmischung, die billige von Aldi. Aber egal, ich zog mir den Teller heran und stopfte die Kekse in mich hinein wie eine Verhungernde.

Als Peter zehn Minuten später in den Konferenzraum kam, waren außer ein paar Krümeln um mich herum die Kekse spurlos verschwunden.

„Warum hast du denn nicht im Lubitsch gewartet?“, fragte er mich. „Du musst halb verhungert sein, du Arme.“

„Hast du schon zu Mittag gegessen?“

„Ja, aber das hält mich nicht davon ab, mit dir noch ein Dessert zu nehmen.“ Er legte die Ermittlungsakte auf den Tisch. „Das sind natürlich keine Originale, alles Kopien.“

„Hast du darin schon gelesen?“, fragte ich ihn.

„Ja, und der Fall scheint mir wasserdicht zu sein. Ich glaube nicht, dass Vanessa da eine Chance hat.“

„Du machst mich neugierig." Ich stopfte die Akte in meine Reisetasche. „Aber erst mal habe ich Hunger, außer deinen Aldi-Keksen habe ich noch nichts gegessen."

„Ich bitte dich, das sind die guten von Lidl." Er sah aus wie ein kleiner Junge, wenn er so schelmisch lächelte. „Gib her", sagte er und nahm mir meine Reisetasche ab. Ich war so froh, dass es ihm wenigstens gut ging.

Nachdem ich mir einen kleinen Lunch gegönnt hatte, wollte ich so schnell wie möglich nach Hause, ich saß in dem Restaurant wie auf Kohlen. Erstens wollte ich die Ermittlungsakte lesen, zweitens hoffte ich, weitere Post von Vanessa zu haben, und vielleicht traf ich ja auf Evelyn, die mir von meiner Freundin Birgit berichten konnte.

„Du musst vorsichtig sein, Jane, die werden es vielleicht noch mal versuchen. Möchtest du, dass ich dich nach Hause begleite?", fragte er mich.

„Was soll mir hier mitten in der City passieren?"

„Das Parkhaus liegt auch mitten in der City."

Da hatte er leider recht.

„Ich denke, du solltest vielleicht für ein paar Tage ins Hotel ziehen", schlug er vor.

„Wozu das denn? Wenn mir einer an den Kragen will, bin ich überall angreifbar. Im Hotel genauso wie zu Hause oder auf der Straße. In ein Parkhaus komme ich im Moment allerdings nicht, mir fällt gerade auf, dass ich gar kein Auto habe."

„Das du hier sowieso nicht brauchst", bemerkte mein Freund ganz richtig.

„Ich habe meinen kleinen Schnuckelmini geliebt", sagte ich. Nachdem ich das Foto meines Autos in der Zeitung gesehen hatte, hatte ich keine Hoffnung mehr, den Kleinen irgendwie retten zu können. Das würde nicht mal unser Schrauber Holger schaffen.

„Warum bleibst du nicht ein paar Tage bei mir?“, fragte Peter. „Da bist du nicht allein. Und arbeiten kannst du doch an jedem Platz der Welt. Wenn du wüsstest, wie ich dich darum beneide.“

Ich sah ihn an und überlegte. Peter hatte recht, ich würde nachts wahrscheinlich kein Auge zumachen.

„Ich kann Semiramis nicht so lange alleine lassen“, wandte ich ein.

„Die wird doch sowieso von deiner Nachbarin versorgt. Oder du bringst sie mit. Pass auf, so machen wir das. Ich fahre dich jetzt zu deiner Wohnung, und wir schauen gemeinsam, ob alles in Ordnung ist. Nachher habe ich noch einen Termin, und danach hole ich dich und deine Katze inklusive Katzenklo mit dem Auto ab und wir fahren zu mir.“ Peter wohnte nicht weit entfernt am Lietzensee.

„Ich will dir aber keine Umstände machen.“ Mir war es immer ein wenig peinlich, bei anderen Leuten zu wohnen, auch wenn man befreundet war. Ich selbst hatte gar kein Gästezimmer, weil ich Logierbesuch auf den Tod nicht ausstehen konnte.

„Ich habe Platz, und du kannst dich tagsüber gern ein bisschen nützlich bei mir machen, Staub wischen und so.“ Peter lächelte wieder sein spitzbübisches Lachen, natürlich hatte er eine Putzfrau.

„Okay. Ich muss nur meinen Laptop mitnehmen und meine ganzen Unterlagen, arbeiten kann ich auch bei dir.“

„Brav“, sagte Peter und bedeutete der Kellnerin, dass wir zahlen wollten.

„Du bist ein Schatz“, sagte ich.

„Ich weiß“, sagte er.

Schlechte Nachrichten

Peter brachte mich nach Hause, nahm mir meinen Hausschlüssel ab und öffnete die Tür. *Warum habe ich eigentlich nie einen so zuvorkommenden heterosexuellen Mann getroffen?*, fragte ich mich. Er fuhr mit mir hinauf ins Dachgeschoss und inspizierte meine Wohnung.

„Okay, ich bin in zwei Stunden wieder da, wäre schön, wenn du gepackt hättest, damit wir gleich loskönnen."

Semiramis begrüßte mich mit erhobenem, zitterndem Schwanz und langgezogenen Klagelauten. Ihre Art, sich bei mir zu beschweren, dass sie hatte alleine schlafen müssen.

Sobald Peter weg war, ging ich nach nebenan und klingelte.

Evelyn öffnete mir die Tür. „Ach, Schatz!" Ihr Gesichtsausdruck reichte, ich wusste, was sie mir sagen wollte. Sie hatte mich nicht angerufen, weil sie mir die schlechte Nachricht nicht am Telefon überbringen wollte.

„Sie ist gestorben." Es war keine Frage.

„Es tut mir so leid."

„Hat sie das Bewusstsein noch mal wiedererlangt? Hat sie irgendetwas gesagt?"

Evelyn schüttelte den Kopf.

Ich drehte mich wortlos um und ging stumm in meine Wohnung.

An der Wohnungstür wendete ich mich ihr noch einmal zu. „Ich gehe heute mit Semiramis weg. Danke für deine Hilfe."

Evelyn sagte gar nichts. Wahrscheinlich sah sie mir an, dass ich vollkommen fertig war.

Leise schloss ich die Wohnungstür hinter mir und lehnte mich dagegen. Birgit. Meine Birgit. Sie war nicht mehr, und ich war schuld daran. Das würde ich mir nie verzeihen. In meinem Hals saß ein dicker Kloß, der sich nicht durch irgendeine Träne hervorlocken ließ. Ich konnte nicht weinen, ich fühlte mich wie versteinert. Wie sollte ich das Timo erklären, dem Jungen, den ich schon im Kinderwagen spazieren gefahren habe?

Ich ging zu meinem Schreibtisch, setzte mich auf den Sessel und starrte ins Leere. Wahrscheinlich hätte ich noch einige Stunden regungslos dort gesessen, wenn Semiramis mir nicht auf den Schoß gesprungen wäre und mich mit dem Köpfchen sanft darauf stieß, dass es noch einiges zu tun gab, bis Peter mich abholen wollte.

Ich packte meinen Laptop in die dazugehörige Tasche, nahm alle Ausdrucke zum Mord an Amanda von der Wand und ging ins Schlafzimmer, wo ich ein paar frische Klamotten zum Wechseln in mein Bordcase warf. Die Reisetasche war ja bereits gepackt, die konnte ich genauso wieder mitnehmen. Dann ging ich ins Gäste-WC, leerte das Katzenklo von Semiramis und packte neues Katzenstreu und ihr Lieblingsfutter in eine Rewe-Einkaufstüte.

Kaum hatte ich ihre Schüsselchen geleert und ausgewaschen, rief Peter an. „Ich bin unten und stehe in der Einfahrt." Natürlich gab es in der Uhlandstraße nie einen freien Parkplatz.

Wenn er direkt neben meiner Haustür in der Einfahrt stand, musste ich mich beeilen. Ich raffte die Taschen zusammen und zog die Tür hinter mir zu.

Peter hatte die Autotür von seinem Jaguar schon für mich geöffnet und stürzte mir entgegen.

„Ich komme gleich, ich muss nur noch Semiramis in ihr Körbchen verfrachten, das kann ein paar Minuten dauern", rief ich und übergab ihm mein Gepäck.

„Ich warte hier", sagte er und verstaute meine Sachen im Kofferraum. Schnell fuhr ich mit dem Fahrstuhl wieder nach oben.

Die Katze hasste das Körbchen, weil es in neun von zehn Fällen hieß: Tierarzt. Normalerweise blieb Semiramis in der Wohnung, wenn ich kurz verreiste, bei längeren Aufenthalten hatte ich sie immer zu Birgit gebracht. Das fiel jetzt aus. Für immer. Ich schluckte. Für immer. Es hörte sich in meinen Ohren so unfassbar endgültig an. Für immer und ewig. *Nein, jetzt nicht heulen, Jane!*, ermahnte ich mich.

Es war wie immer ein Kampf, Semiramis hatte sich in die hinterste Ecke unter dem Bett verzogen, in dem Moment, in dem sie das Körbchen sah, das ich aus der Kammer geholt hatte. Es blieb mir nichts anderes übrig, als brutal zu werden. Ich nahm einen Stockschirm. Trotzdem dauerte es bestimmt zehn Minuten, bis die fauchende, schreiende Katze endlich sicher in ihrem Körbchen gelandet war. Schweißgebadet schloss ich meine Wohnung zu und ging mit dem Körbchen nach unten, in dem sich den Lauten nach eine schwer misshandelte Katze befand. Ich übergab Peter den Katzenkorb und bat ihn noch einen Moment um Geduld, weil ich meinen Briefkasten noch nicht geleert hatte. Wie ich schon vermutet hatte, gab es einen dicken Umschlag von Vanessa. Damit fiel ich aufatmend auf Peters Beifahrersitz. „Danke, ich danke dir!"

Bei Peter

Peters Dachwohnung am Lietzensee bot einen tollen Ausblick auf den von Trauerweiden umstandenen innerstädtischen See. Hier war noch mehr Glas verbaut worden als in meiner Wohnung in der Uhlandstraße. Das hatte den Vorteil, dass sie lichtdurchflutet war, aber den Nachteil, dass sie grau und trüb aussah, wenn draußen mal nicht die Sonne schien.

So einen Tag hatten wir heute erwischt, die Sonne wollte sich nicht zeigen, ein ungemütliches, graues Licht drückte zusätzlich auf meine Stimmung. Peter hatte mich in seinen Eames Chair verfrachtet und mir eine „schöne Tasse heißen Tee“ gemacht. Seine riesige Wohnung war ziemlich leer, was die wenigen, exklusiven Stücke, die darin standen, umso exklusiver aussehen ließ. Der Mann hatte Geschmack.

Peter hatte meine Sachen ins Gästezimmer gebracht, das Katzenklo von Semiramis stand in der Kammer, die zur offenen Küche ging, doch auch die zwei vollen Näpfchen lockten meine misstrauische Katze nicht aus ihrem Körbchen, in das sie sich verkrochen hatte.

„So, Schatz, was willst du heute Abend essen, ich gehe jetzt einkaufen“, kündigte er an.

„Egal. Mach dir keine Umstände."

„Keine Umstände heißt Linguine mit Trüffeln oder Lieferando.de."

„Also wenn ich die Wahl habe …", sagte ich.

Peter hatte wieder diesen spitzbübischen Blick, den ich an ihm so liebte.

„Also Linguine. Mit Salat. Was isst du eigentlich zum Frühstück? Weißt du, dass wir noch nie zusammen gefrühstückt haben?"

„Du lässt mir ja keine Chance. Ich bin mit einem Brot mit Käse oder Schinken absolut glücklich."

„Hach, endlich mal kein Müslibubi", sagte er.

Während Peter weg war, las ich den Brief von Vanessa.

Der vierte Brief

Liebe Juliane Mansfield,

an dem Tag, an dem Amanda verschwunden war, wollte ich abends ein paar Sachen zusammenpacken, um sie am Wochenende nach Versmold zu bringen. Noch arbeitete ich bei dem Tiefkühlhersteller, um meinen Nachfolger Lars Mahlow einzuarbeiten. Mit diesem war ich den ganzen Tag unterwegs und habe mit ihm unsere Partner besucht, unter anderem waren wir auch auf dem Großmarkt in der Beusselstraße.

Der Punk begann am Abend, als Toni mich anrief und fragte, ob Amanda bei mir wäre. Der Anruf hat mich natürlich nicht erstaunt, ich hatte ihn ja erwartet. Nun kam es darauf an, so zu tun, als ob ich entsetzt wäre. Was? Amanda ist nicht beim Fototermin erschienen? Na, so was? Bei mir ist sie ganz pünktlich weg. Ich habe gehört, wie die Tür ins Schloss fiel.

Danach habe ich gleich Leander angerufen, der ebenfalls bereits in heller Aufregung war. Toni war sein bester Freund, manchmal dachte ich, dass er die Gesellschaft von Toni sogar meiner vorzog. Er war sofort von der Baustelle zu

Toni gefahren, um mit ihm zusammen Amanda zu suchen. Ich dachte zu diesem Zeitpunkt nur, dass Amanda absolut recht gehabt hatte, es wäre unklug gewesen, Leander einzuweihen.

Gemeinsam sind Leander und Toni dann zur Polizei gegangen. Die Polizei kam noch am Abend zu uns und stellte uns Fragen nach dem Verbleib meiner Schwester, während ich dabei war, die Sachen für Versmold zusammenzupacken. Es war sozusagen ein kleiner Umzug auf Raten, jedes Wochenende nahm ich ein paar Stücke mit, mit denen ich unseren Hof ein wenig zeitgerechter machen wollte. Leander hatte an diesem Wochenende mit nach Versmold kommen wollen, entschied sich dann aber anders, um seinem Freund beizustehen.

Ich fuhr am Freitagmittag direkt von der Firma los nach Versmold. Ich war kurz vor Braunschweig, als Leander mich anrief. Die Polizei sei bei uns mit einem Durchsuchungsbefehl.

„Okay, kein Problem", sagte ich. Ich hatte keine Ahnung, was sie suchten, dass Amanda bei uns gewesen war, war ja unstrittig.

Also fuhr ich weiter. Ich war noch nicht in Versmold angekommen, als Leander anrief und fast hysterisch ins Telefon schrie: „Die haben Blut gefunden, Vanessa, was soll ich denn jetzt machen, die haben Blut in unserer Küche gefunden."

„Stell dich nicht so an!", habe ich gesagt. „Natürlich haben sie Blut gefunden, du hast es selbst weggewischt."

„Was? Was sagst du da?"

„Du hast es weggewischt, entsinnst du dich nicht mehr? Amanda ist mit dem Austernmesser abgerutscht."

„Ja, ach so, ja, natürlich."

Leander war ein lieber Mann, aber leider ein wenig hysterisch. Oder sagt man das nur von Frauen? Also Leander war jedenfalls sehr leicht erregbar und benahm sich wie ein Kleinkind, das sich verlaufen hatte. Ich überlegte, ob ich umkehren sollte, ließ es dann aber bleiben und fuhr erst mal nach Hause und entlud meinen Wagen. Dabei muss mich eine wohlmeinende Bürgerin beobachtet haben. Ich weiß nicht, was die Leute sich zusammenreimen, natürlich habe ich einen Sack aus meinem Auto ausgeladen, ich hatte einiges einfach in Säcke geworfen, das war einfacher, als es aufwendig zu verpacken. Die Leiche meiner Schwester war selbstverständlich nicht dabei, Amanda lebte ja noch, zumindest ging ich davon aus.

Wir hatten inzwischen den Erbschein erhalten, und ich hatte mein Erbe angenommen. Onkel Frieder hatte mir die Kombination des Safes genannt. Ich entnahm ihm das Bündel mit den zwanzigtausend Euro und schickte sie nach Paris zu Amanda und Bertrand.

Zurück in Berlin wickelte ich dort meinen Job ab und bereitete mich auf meine neuen Aufgaben in Versmold vor.

Warum habe ich Amanda nicht mehr Geld geschickt? Weil nicht mehr Bargeld vorhanden war. Ich hatte immer noch keinen richtigen Überblick über die Firmen, aber so rosig, wie es von außen immer aussah, war es wohl nicht gewesen. Ich konnte jedenfalls nicht grenzenlos über liquide Mittel verfügen, wie Amanda und ich bereits bei der Sichtung der Konten erfahren hatten. Das meiste Geld war in irgendwelche Bürgschaften geflossen. Und Geld von meinem Konto direkt nach Paris zu überweisen, wagte ich nicht, da ich davon ausging, dass wir auf Herz und Nieren überprüft werden würden, insbesondere hinsichtlich ungewöhnlicher Kontobewegungen.

Amanda blieb verschwunden, ich freute mich für meine Schwester, dass sie diesen Schritt in ein neues Leben gewagt hatte. Nur die Polizei wollte uns nicht in Ruhe lassen. Immer und immer wieder wurden wir vorgeladen, um stets die gleiche Aussage zu wiederholen. Am 23. April kam Leander von einer dieser „Befragungen" nicht zurück. Der Staatsanwalt hatte Haftbefehl beantragt.

Leander hatte zugegeben, dass er das Blut von Amanda weggewischt hatte. Darüber hinaus hatte Leander sich in seinen Aussagen offensichtlich verhaspelt. Man hatte seinen Wagen am Tag von Amandas Verschwinden in seinem Atelier gesehen. Leander aber hatte ausgesagt, dass er an diesem Tag gar nicht im Atelier gewesen sei. Leider war Leander ein hochsensibler Mann, den man mit scharfen Fragen komplett durcheinanderbringen konnte. So verwickelte er sich in Widersprüche, die den Staatsanwalt zur Festnahme veranlasste. Allerdings musste die Polizei Leander wieder freilassen, da man Amanda weder tot noch lebendig gefunden hatte und außerdem keinerlei Beweise für einen Mord vorlagen.

Die Polizei war von Anfang an von Mord ausgegangen, was wir so nicht vorausgesehen hatten. Eigentlich kann in Deutschland eine erwachsene Person spurlos verschwinden, da jeder Mensch das Recht hat, über seinen Aufenthalt zu bestimmen, und und keine Pflicht besteht, jemanden über seinen Aufenthaltsort zu informieren.

Aber Toni hatte dermaßen getrommelt, dass aus dem einfachen Verschwinden meiner Schwester sofort ein Mordverdacht wurde. Nachdem Leander wieder auf freiem Fuß war, hat er seine Baustelle weiter betreut, ein Schulanbau in Friedenau. Dort kam es dann zu einem furchtbaren Unglück: Eine Steinplatte löste sich von einem Kran und begrub Leander unter sich. Er war auf der Stelle tot.

Daraufhin geriet ich in den Verdacht, nicht nur meine Schwester, sondern auch meinen Ehemann ermordet zu haben. Allerdings konnte die Polizei eine Tötungsabsicht im Falle von Leander nicht nachweisen.

Es wurde immer schwieriger, Amanda nicht zu verraten. Die Monate vergingen, und die Polizei ließ mich nicht in Ruhe. Ich bin davon überzeugt, dass sie mich abgehört haben, dass sie mich verfolgt und beobachtet haben. Ich fieberte dem Tag entgegen, an dem Amanda endlich ihre Scheidung einreichen konnte.

Eines Tages, ich lebte längst in Versmold, überfielen sie mich am frühen Morgen auf dem Hof. Frau Ewert erschrak zu Tode, als ein Kommando des LKA an unsere Haustür bummerte und lautstark rief: „Aufmachen, Polizei!" Und dann haben sie den ganzen Hof durchsucht, sie haben jeden Stein umgedreht, sie haben die Felder umgegraben und in den Wäldern nach einem frischen Grab gesucht. Später habe ich erfahren, dass ich das dieser Frau aus der Nachbarschaft verdankte, die mich beobachtet hatte, wie ich vor meinem Umzug mein Auto auslud.

Sie haben nichts gefunden. Wie auch. Amanda lebte ja glücklich in Paris. Dachte ich zumindest. Bis zu dem Tag, als ich in der Firma einen merkwürdigen Anruf bekam. Ein Fotograf namens Bertrand Fournier, der Bertrand Fournier, rief an und erkundigte sich nach Amanda. Er sagte, er habe sie lange nicht gesehen und nichts von ihr gehört. Da habe ich dann wirklich Angst bekommen. Denn, wenn Amanda nicht in Paris war, wo war sie dann?

Es gab nur eine einzige Möglichkeit: Toni war ihr auf die Spur gekommen. Hatte Toni seine Frau umgebracht? Zumindest konnte Toni, solange seine Frau nicht auffindbar war, keine Erbschaft geltend machen. Aber wenn er ihr etwas angetan hatte, wo war dann ihre Leiche?

Ich bin fast wahnsinnig geworden. Mein Mann war tot. War er vielleicht auch von Tonis Leuten umgebracht worden? Eigentlich unwahrscheinlich, er war Tonis bester Freund gewesen. Oder hatte Toni womöglich geglaubt, dass Amanda mit Leander abhauen wollte? Ich beschloss, die Füße stillzuhalten, denn ich hatte keine Lust, von Tonis Familie zu Fischfutter für unseren Karpfenteich verarbeitet zu werden.

Und dann ging alles ganz schnell.

Ich saß in meinem Büro in Versmold, als Frau Liesegang meldete, dass Polizei für mich da sei. Sie verhafteten mich unter dem Verdacht, meine Schwester Amanda ermordet zu haben, mitten in meiner eigenen Firma, und führten mich in Handschellen ab.

Ich wurde in eine Arrestzelle gebracht, wo ich auf meinen Transport nach Berlin warten musste. Was sollte ich tun, fragte ich mich. Also bat ich darum, dass unser Hausanwalt Frieder sich um einen Anwalt in Berlin für mich kümmern sollte. Ich kannte nicht mal einen Strafverteidiger, so etwas *hatten wir nie gebraucht. Bis zu diesem Zeitpunkt wusste ich nicht mal, was man mir zur Last gelegt hatte.*

In Berlin wurde ich direkt in die JVA in Untersuchungshaft gebracht. Von da aus holte man mich ab zur Vernehmung. Es war das erste Mal, dass ich hörte, was konkret man mir vorwarf. Und das war starker Tobak.

Nach stundenlangen Verhören erfuhr ich, dass man mir vorwarf, meine Schwester erstochen oder erschlagen zu haben. Ich sollte Amandas Leiche in einem Fahrzeug meines ehemaligen Arbeitgebers zum Fleischgroßmarkt gebracht haben. Angeblich hätte ich dafür gesorgt, dass meine Schwester in einem Zerlegebetrieb, der seit Jahrzehnten ein Partner der Firmen meiner Familie war, zerstückelt worden sei. Ihr Fleisch sei angeblich in einer in der direkten Nachbarschaft liegenden Firma zu Dönerfleisch verarbeitet worden. Ihre Knochen seien dann mit den anderen Knochenabfällen am nächsten Morgen zu einem Betrieb in Brandenburg transportiert worden, wo sie zu Knochenmehl verarbeitet wurden.

Ich war sprachlos angesichts dieser unglaublichen Vorwürfe. Wie kamen die auf so absurde Ideen? Natürlich habe ich immer wieder beteuert, dass meine Schwester noch lebte, als sie unser Haus verlassen hat. Dafür hatte ich leider keine Beweise und erst recht keinen Zeugen. Mein Ehemann war zu diesem Zeitpunkt bereits verstorben.

Onkel Frieder hatte mir einen Strafrechtsanwalt namens Dr. Schneidermann besorgt. Er sei der Beste, hat Onkel Frieder mir versichert. Aber auch Dr. Schneidermann konnte nichts ausrichten gegen einen Zeugen, den die Staatsanwaltschaft woher auch immer gezaubert hatte.

Der Polizei lagen mehrere unterschriebene Zeugenaussagen vor, dass ich am Tag nach dem Verschwinden meiner Schwester auf dem Fleischgroßmarkt mit einem Wagen meines ehemaligen Arbeitgebers gesichtet worden war. Das hatte ich auch nie bestritten, ich habe dort schließlich meinen Job gemacht.

Aber dann kam es heftig. Der Polizei lag eine unterschriebene Zeugenaussage eines Fleischhauers vor, dem ein türkischer Kollege gestanden habe, dass er „für viel Geld von der Schwester" eine Frau zerstückelt habe. Der Türke war nach diesem Gespräch aus Deutschland abgereist, und mehr als sein Name war von dem Mann nicht mehr zu ermitteln. Yusuf Demir soll der ominöse Schlächter geheißen haben. Das Schlachtfleisch soll angeblich sofort in die Dönerproduktion gewandert sein.

Mein erster Gedanke war: Toni. Das konnte nur von Toni organisiert worden sein. Auch seine Wagen sind regelmäßig auf dem Großmarkt in der Beusselstraße unterwegs, um Ware zu laden. Wieso kam die Polizei ausgerechnet auf mich und wieso gab es keinen Verdacht gegen Tanos, der immerhin ein Motiv hatte, im Gegensatz zu mir?

Ich erzählte der Polizei, dass Amanda Toni verlassen wollte. Leider habe ich mich dadurch in Widersprüche verwickelt. Um gar nicht erst den Verdacht aufkommen zu lassen, dass Amanda freiwillig untergetaucht war, hatte ich anfangs ausgesagt, dass Amanda und Toni eine sehr harmonische Ehe geführt hatten. Was eigentlich auch stimmte und von Leander und anderen Zeugen bestätigt wurde.

Doch dann legte die Polizei nach. Ich wurde in Untersuchungshaft genommen, und ein paar Tage später fuhr die

Polizei die unterschriebene Aussage von einem ehemaligen Mitarbeiter des beschuldigten Döner-Betriebs auf, der geahnt haben wollte, dass er Menschenfleisch in die Dönerspieße einarbeitete. Das Fleisch war ihm mit einer Fuhre Kalbfleisch von einem Yusuf aus dem Zerlegebetrieb nebenan geliefert worden. „Ich habe gemerkt, dass da nicht nur Kalbfleisch drin war. Da war Fleisch dabei, das war heller und fasste sich anders an."

Was sollten mein Anwalt und ich gegen diese belastenden Aussagen machen? Sie waren gelogen. Aber wie sollten wir das beweisen? Dass Amanda mit Bertrand ein neues Leben hatte beginnen wollen, war dagegen unerheblich.

Die Aussagen haben mich vor Gericht gebracht. Das Ergebnis des Prozesses ist bekannt: Das Gericht sah es als erwiesen an, dass ich meine Schwester umgebracht und anschließend zu Dönerfleisch habe verarbeiten lassen. Man unterstellte mir, dass ich meine Schwester aus Habgier habe töten wollen, weil ich sie nicht auszahlen wollte. Das sind niedere Beweggründe. Das Urteil lautete deshalb: lebenslange Haft für Mord mit besonderer Schwere der Schuld.

Seit über einem Jahr sitze ich hier in Pankow. Ich weiß, dass ich den Mord an meiner Schwester nicht begangen habe. Im Übrigen ist das Motiv, das man mir unterstellt, falsch. Aber ich weiß, wer dahintersteckt. Doch das kann ich nicht beweisen.

Ein perfider Plan

Fassungslos ließ ich die Seiten sinken. Das alles schrie direkt nach Tanos. War es möglich, dass Tanos seine Finger sowohl bei der Polizei als auch in Justizkreisen drin hatte? Ich saß grübelnd im Sessel, bis mein Gastgeber wieder nach Hause kam.

Nachdem Peter uns die besten Linguine nördlich von Rom kredenzt hatte, zeigte ich ihm die Seiten, die Vanessa mir geschickt hatte.

Seine Frage traf des Pudels Kern: „Wieso hat sie im Prozess nicht darauf hingewiesen, dass Amanda sich hatte scheiden lassen wollen? Und vor allem: Warum hat sie Bertrand Fournier nicht als Zeugen benannt?“

„Sie begründet es damit, dass sie am Anfang für Amanda gelogen hat. Du weißt doch: Wer einmal lügt, dem glaubt man nicht.“

„Das mag anfangs gestimmt haben, aber dann? Man schickt doch nicht jemandem zwanzigtausend Euro, wenn man weiß, dass sie nicht mehr lebt. Das hätte Vanessa doch entlastet.“

Ich schaute hinaus auf den Lietzensee, der genauso trist aussah, wie meine Stimmung war.

„Hattest du schon Gelegenheit, in die Ermittlungsakte zu schauen?“, fragte mich Peter.

„Ich glaube, das wird heute meine Bettlektüre.“ Denn ich brauchte dringend etwas, was mich ablenkte von meiner Trauer um meine Freundin. Den Rest des Abends würde sich Peter Geschichten von und über Birgit anhören müssen, ob er wollte oder nicht.

„Hast du schon der Mordkommission deine Notizen von Amanda geschickt?“

„Nein, ich hätte die digitalisieren müssen, dazu bin ich heute nicht mehr gekommen. Darf ich morgen deinen Drucker benutzen?“

„Fühl dich wie zu Hause“, sagte Peter, goss mir noch einen Weißwein ein und verriet mir sein WLAN-Passwort.

Die Ermittlungsakte

Ich war todmüde, todtraurig und angetrunken, als ich mit der Ermittlungsakte ins Bett ging. Für mehr als zum Durchblättern der Kopien reichten weder meine Kraft noch der Rest meines Aufnahmevermögens.

In der Nacht träumte ich von Instagram-Bildern von Vanessa und Amanda. Schweißgebadet wachte ich auf. Den Rest der Nacht starrte ich die weiße Decke an. Peters Gästebett war ungewohnt für mich, auch wenn es sich um ein durchaus bequemes französisches Bett handelte, aber es war eben nicht mein Bett. Ich stand auf und holte mir in der Küche etwas zu trinken. In meinem Mund hatte sich ein dickes Pelztier eingenistet.

Warum, so fragte ich mich, *hat Vanessa so lange damit gewartet, die wahre Geschichte zu erzählen?*

Gegen Morgen muss ich dann doch noch mal eingenickt sein. Als ich aufwachte, war Peter bereits in seine Kanzlei verschwunden. Ein Zettel klebte an dem riesigen Spiegel im Bad, der von Wand zu Wand reichte: „Frühstück steht auf dem Tresen. Bitte, bleib zu Hause!"

Der Mann hatte mir, wie früher meine Mutter, ein richtiges Pausenbrot gemacht. In einer Frischhaltedose erwartete mich eine leckere Vollkornbrot-Klappstulle mit Frischkäse, Schinken, Avocado und Tomaten, ein kleiner, gemischter Obstsalat und ein hartgekochtes Ei. Den Kerl hätte ich vom Fleck weg geheiratet!

Ich machte mir einen Cappuccino, setzte mich mit dem von Peter liebevoll vorbereiteten Frühstück an den Esstisch, klappte meinen Laptop auf und legte die Ermittlungsakte vor mich hin.

Mich interessierten die Zeugen, deshalb suchte ich gezielt in der Akte nach den Aussagen.

Was taugte die Aussage des ehemaligen Mitarbeiters? War er vielleicht gefeuert worden? Auszusagen, dass er Menschenfleisch hatte verarbeiten müssen, war wohl so ziemlich das Schlimmste, was er seinem ehemaligen Arbeitgeber antun konnte. Wer würde von dieser Firma noch freiwillig Spieße beziehen? Ich würde herausfinden müssen, ob diese Firma auch mit der von Tanos zusammenarbeitete.

Und was war mit dem Zeugen, der angeblich gehört hatte, dass ein Yusuf eine Frau zerlegt hatte? Ich stieß auf das, was ich so oder ähnlich vermutet hatte. Der Zeuge war einige Monate nach Amandas Verschwinden des bandenmäßig organisierten Diebstahls von Schlachtfleisch beschuldigt und offensichtlich auch überführt worden. Das hieß, der Mann hatte Schweinehälften, Rinder- und Lammhälften „abgezweigt" und vertickt. Dabei war es wohl zu Streitigkeiten unter „Kollegen" gekommen, und der Zeuge war mit einem Schlachtermesser auf den Kollegen zugegangen und hatte ihn erheblich verletzt. Allerdings war er nur wegen Diebstahls angeklagt und zu zwei Jahren Haft auf

Bewährung verurteilt worden. Von der Körperverletzung war nicht mehr die Rede gewesen, ich nahm an, er hatte einen Deal gemacht: Ihr lasst mich wegen der Körperverletzung vom Haken, und ich werde euch was erzählen.

Wie glaubhaft ist ein Zeuge, der mit seiner Aussage den Kopf aus der Schlinge ziehen will? Alles, was ich las, schrie geradezu nach Toni. Waren das nicht genau die Kreise, in denen ein Gastronomieservice zu Hause war?

Den Befragungsprotokollen konnte ich entnehmen, dass Toni mindestens ebenso oft vernommen worden war wie Vanessa. Allerdings hatte er immer das Gleiche ausgesagt: Er hatte am Abend eine geschäftliche Verabredung, und am kommenden Tag war seine Frau nicht wie erwartet abends nach Hause gekommen. Und er hatte immer wieder betont, dass sie eine glückliche Ehe geführt hätten.

Trotzdem hatten sich alle auf Vanessa kapriziert.

Ich blätterte durch die Akte und fand ein Foto von Vanessas Küche, wo die Familie gemeinsam Austern gegessen hatte. Wieder war ich ganz entzückt von dieser tollen, offenen Küche und konnte mir gut vorstellen, wie Vanessa, Amanda und Leander dort gespeist hatten.

Ich holte mir Vanessas Briefe aus meiner Reisetasche. Seite für Seite scannte ich sie über Peters Drucker ein. Und wie bekam ich die jetzt auf meinen Laptop? Irgendwie stand ich gerade auf dem Schlauch.

Dann hatte ich eine ganz banale Idee. Ich legte die Seiten erneut in Peters Drucker und drückte auf Kopieren. *Yes!*

Kurz entschlossen sprang ich unter die Dusche und zog mich an. Wieso digital, wenn es auch analog geht, sagte ich mir. Ich würde mir ein Taxi bestellen und die Seiten persönlich zur Polizei bringen. Es wurde Zeit, dass die Staatsanwaltschaft die neuen Beweise bekam und ein Wiederaufnahmeverfahren einleitete. Vanessa hatte nichts im Knast verloren.

Toni

Als ich aus dem Gebäude des LKA trat, stand die Sonne hoch am Himmel. Es war zum ersten Mal in diesem Jahr richtig heiß. Ich zog meinen Blazer aus und wandte mich nach links, wo ich auf der Kurfürstenstraße hoffte, ein Taxi zu bekommen. Aber wie immer – wenn man ein Taxi braucht, kommt keins. *Na dann*, dachte ich, *setze ich mich doch einfach ins Il Sorriso und trinke einen Kaffee und rufe von dort ein Taxi.*

Ich suchte mir ein sonniges Plätzchen direkt an der Kurfürstenstraße. Nachdem ich meinen Cappuccino bekommen hatte, schloss ich die Augen und hielt das Gesicht in die heiße Sonne. Plötzlich hörte ich, wie ein Stuhl an meinem Tisch bewegt wurde, und öffnete erschreckt die Augen. Ein einschüchternd aussehender, muskelbepackter Mann hatte sich an meinen Tisch gesetzt. Ich unterdrückte den Impuls zu fliehen, denn was sollte mir hier auf der belebten Straße schon passieren.

Der Mann ergriff mein Handgelenk. „Toni will Sie sehen."

Die Gedanken fuhren Achterbahn in meinem Kopf. Aufstehen und weglaufen? Um Hilfe schreien?

Ich riss mich los. „Lassen Sie das!"

„Sie sollen mitkommen", sagte der Mann. Er machte keinen Hehl daraus, dass man ihm besser nicht widersprach.

„Wohin?" Hilfesuchend schaute ich mich nach dem Wirt um. Er drehte mir den Rücken zu und bastelte an seiner Kasse herum.

„Zu Toni."

„Wo ist Toni?"

„Im Auto." Er wies mit dem Kinn auf eine schwarze Mercedes S-Klasse, die gegenüber an der Ecke Landhausstraße hielt.

Wie hatte er mich gefunden? Woher wusste er, dass ich hier war, ich war doch gar nicht von zu Hause aus in die Keithstraße gefahren? Er konnte mich also nicht von dort verfolgt haben. Wurde ich seit gestern überwacht?

Der Mann legte einen Zehneuroschein auf den Tisch und beschwerte ihn mit dem Zuckerstreuer.

„Gehen wir." Das war keine Frage, sondern ein Befehl.

„Und was, wenn ich nicht mitgehe? Wenn ich jetzt laut losschreie?"

„Das würde ich nicht tun", sagte er. Sanft. Ganz nett. „Toni will reden."

Nun denn, Jane, sagte ich mir, *genau das hast du doch gewollt. Mit Toni reden.* Todesmutig erhob ich mich und folgte dem massigen Mann zu dem Auto.

Am Steuer saß ein jüngerer, gutaussehender Mann, der so gar nicht nach Türsteher aussah wie das Modell, das mich eben abgeschleppt hatte und nun einladend die Beifahrertür für mich öffnete. Er sah noch besser aus als auf den Fotos, die ich aus den Medien kannte. Mein Herz raste, ich hatte wirklich Angst.

„Hallo, Frau Mansfield“, sagte der Mann am Steuer. „Tut mir leid, dass ich Sie entführen musste. Ich bin Toni El-Halabi. Fahren wir ein Stück?“

Er wartete natürlich nicht auf eine Antwort, sondern startete den Motor. Seine Bulldogge blieb draußen stehen.

Ich saß auf dem Beifahrersitz wie auf glühenden Kohlen.

„Schnallen Sie sich doch bitte an“, sagte Toni freundlich.

Er bog in die Kurfürstenstraße ein und fuhr Richtung Zoo. Zumindest befanden wir uns auf belebten Straßen, was mich ein wenig beruhigte.

„Was wollen Sie von mir?“, fragte ich.

„Was wollten Sie von mir?“, fragte er zurück.

„Woher wussten Sie, wo ich zu finden war?“ Ich war nicht nur ängstlich, sondern auch stinksauer.

„Ich habe Sie gesehen, als Sie die Stufen zur Mordkommission hochgegangen sind. Ich war vor Ihnen da.“

Verdammt, darauf, dass ich dem Feind direkt bei der Polizei ins Auge blicken würde, war ich gar nicht gekommen.

„Wir müssen dringend miteinander reden. Leider können wir das weder in meinem Büro noch zu Hause. Also lassen Sie uns ein Stück fahren und dann irgendwo gemeinsam einen Kaffee trinken. Ich glaube, wir beide haben viel zu besprechen.“

„Meine beste Freundin ist tot!“, schrie ich ihn an.

„Das habe ich gehört“, sagte er. „Und ich weiß auch, wer dahintersteckt.“

„Na, da bin ich aber gespannt.“

„Vanessa ist ein Miststück“, sagte er.

„Genau das behauptet sie auch von Ihnen.“

„Glauben Sie der Frau kein Wort. Sie lügt, wenn sie den Mund aufmacht.“

„Zumindest hat sie nicht mein Auto in die Luft gejagt.“

„Doch“, sagte er. „Doch, das hat sie. Indirekt. Die Frau missbraucht sie.“

„Wofür?“

„Frau Mansfield, bitte lassen Sie uns zwei reden wie vernünftige Menschen. Ohne Vorurteile. Ich werde Ihnen jetzt auch eine Geschichte erzählen. Meine Geschichte.“

Ich schwieg. Was sollte ich darauf auch sagen. Der Mann hatte mich quasi entführt. Und dem sollte ich jetzt jedes Wort glauben.

Tanos El-Halabi fuhr direkt auf die Einfahrt vom Hotel Interconti. „Lassen Sie uns hier in der Bar einen Drink nehmen. Sie brauchen keine Angst zu haben, das verspreche ich Ihnen.“

Ich hatte keine Zeit zu widersprechen, denn schon wurde von einem Livrierten die Autotür aufgerissen. Automatisch stieg ich aus. El-Halabi überreichte dem Mann den Autoschlüssel und begleitete mich in die Lobby. „Ich liebe Hotels, sie sind so herrlich anonym“, sagte er.

Er bugsierte mich in die Bar, wo wir an einem Tisch in der Nähe des Fensters Platz nahmen. Er setzte sich neben mich, offensichtlich damit er nicht allzu laut reden musste, dabei hatte er den Raum und die Lobby im Blick.

„Fangen wir einfach mal mit dem Anfang an“, sagte er. „Was trinken Sie?“

„Tomatensaft."

Er bestellte zwei Gläser Tomatensaft bei dem Barkeeper, der uns mit einer Schale Erdnüsse versorgte.

„Ich habe Amanda auf der Hochzeit meines bestens Freundes kennengelernt."

„Das weiß ich schon."

„Nein", sagte er, „Sie wissen gar nichts. Der Tag, an dem mein Freund Leander heiratete, war der schwärzeste Tag in meinem Leben.

Wir kannten uns aus der Schule, wir sind in dieselbe Klasse gegangen. Leander war unsportlich, ungelenk, und er war still, in sich gekehrt, ein ängstliches Kind. Das ideale Opfer.

Ich war der Libanese in der Klasse, die hauptsächlich aus Kindern türkischer Einwanderer oder aus sozial schwachen Familien mit einer langen Jobcenterkarriere bestand. Als ich in die Schule kam, sprach ich kaum Deutsch, aber im Gegensatz zu Leander konnte ich mich mit den Fäusten wehren. Ich fühlte mich zu dem schmalen, kleinen Kerl hingezogen, der so anders war als all die anderen Kinder. Er war intelligent, konnte wundervoll zeichnen und im Gegensatz zu den anderen sprach er leise. Also habe ich Leander beschützt. Dafür hat er mir richtiges Deutsch beigebracht.

Leander habe ich es zu verdanken, dass ich aufs Gymnasium kam. Ich war der Erste aus meiner Familie, der Abitur gemacht hat. Leander studierte Architektur, und ich schrieb mich für Betriebswirtschaft ein. Doch schon während meines Studiums habe ich angefangen, Austern zu importieren und Restaurants zu beliefern."

Toni griff nach dem Tomatensaft, den der Kellner gerade gebracht hatte. Nachdem auch ich meinen trockenen Mund mit dem Saft beruhigt hatte, erzählte er weiter. Seine Stimme war um eine Nuance weicher und noch ein wenig leiser geworden.

„Seitdem wir sechzehn waren, wussten wir, dass wir anders waren. Wir probierten mit Mädchen herum, aber eigentlich wollten wir nur uns."

„Wollen Sie mir jetzt damit sagen, dass Sie schwul sind?"

„Nicht so laut!" Toni blickte sich um.

„Das ist doch nicht verboten."

„In meiner Familie schon. Aber das ist unerheblich, ich will Ihnen nur unseren Hintergrund schildern. Leander wollte sein Anderssein nicht akzeptieren. Er hat es wirklich versucht und das gefunden, was er dringend brauchte: eine starke Schulter, an die er sich anlehnen konnte, einen Menschen, der ihn beschützte. Vanessa nahm jetzt also meine Stellung in Leanders Leben ein. Ich fühlte mich wie abgeschnitten, abgekoppelt vom Leben, von unserem Leben, das ich auch bis dahin nur heimlich hatte leben dürfen. Da traf ich Amanda. Sie war geradezu überirdisch schön. Aber es umgab sie etwas, ich weiß nicht, wie ich es nennen soll, sie hatte eine todunglückliche Aura. Amanda empfand die Heirat ihrer Schwester ebenso wie ich als einen schweren Verlust. Sie brauchte jemanden, der sie beschützte, und so trat ich Vanessas Stelle bei Amanda an. Wir haben eine gute Ehe geführt, das darf ich Ihnen versichern, wir haben zusammengelebt wie Bruder und Schwester. Meine Familie war zwar nicht begeistert von der Aussicht, dass ich eine

Andersgläubige heiraten wollte, aber da Amanda damals bereits eine beachtliche Karriere als Fotomodel gemacht hatte, empfanden sie Amanda als eine Art Trophäe.

Aber in all der Zeit, in der wir verheiratet waren, waren Leander und ich ein Paar. Wir haben unsere Frauen trotzdem geliebt, doch die stillen Stunden in Leanders Atelier waren unser wahres Leben. Darüber können Sie urteilen, wie Sie wollen, aber Sie sollten diese Tatsache kennen. Wenn Sie allerdings darüber egal wem gegenüber etwas verlauten lassen, werde ich es immer als absoluten Humbug abstreiten."

Der Mann sah so unglücklich aus, dass ich ins Grübeln kam. Hatte nicht auch Amanda Bertrand gegenüber das Gleiche gesagt: „Wir haben zusammengelebt wie Bruder und Schwester."

„Was interessiert mich Ihre sexuelle Disposition?", fragte ich ihn bewusst unfreundlich.

„Ich wollte, dass Sie diesen Hintergrund kennen, bevor Sie hören, was ich sonst zu sagen habe. Ich bin in eine Familie hineingeboren worden, die aufgrund der politischen Umstände immer in einer Parallelgesellschaft gelebt hat. Die Werte meiner Familie sind nicht die Werte, mit denen Sie oder Amanda aufgewachsen sind. Das, was man in unserer Familie darf und was nicht, ist festzementiert, dagegen kann man sich nicht wehren. Die Familie kommt an erster Stelle, und dann kommt eine ganze Weile gar nichts. Wer aus dieser Wertegemeinschaft ausbricht, wird verstoßen, es gibt keine Gnade, es gibt kein Verzeihen.

Meine Familie ist, wie Sie sicherlich wissen, durchaus

polizeibekannt, und dafür schäme ich mich auch nicht. Denn das ist auch ihr Erfolg, ihr Überleben in einer fremden Kultur. Ich habe andere Chancen gehabt als meine Eltern, als meine Cousins, als meine Schwestern. Deshalb konnte ich meinen Lebensunterhalt auf dem Boden des Gesetzes verdienen, und das wird auch so bleiben. Trotzdem bin ich Teil dieser Familie."

Ich nickte und hielt mich an meinem Tomatensaft fest. Noch war ich mir nicht so sicher, was ich glauben sollte und was nicht.

Toni schien zu spüren, dass ich seiner Geschichte skeptisch gegenüberstand. Er beugte sich vor und rührte in den noch nicht ganz geschmolzenen Eiswürfeln in seinem Glas herum. „Vanessa hofft nun, mir den Mord an meiner Frau anhängen zu können. Ich hätte Amanda niemals etwas angetan, dazu habe ich sie viel zu sehr geliebt, sie war meine schöne, zarte Blume."

„Aber Amanda wollte Sie verlassen!", sagte ich. „Und dafür gibt es Zeugen, das hat Vanessa nicht erfunden. Amanda hatte Angst vor Ihnen, sie hat wörtlich gesagt, dass sie sich in Lebensgefahr begibt, wenn sie Sie verlässt."

„Wer hat das gesagt? Vanessa? Denken Sie mal nach, wer etwas von dieser Aussage hat."

„Nein, nicht nur Vanessa, auch Amandas Geliebter Bertrand. Ich habe ihn getroffen. Amanda hatte Angst um ihr Leben. Und sie wusste, dass Sie niemals in eine Scheidung einwilligen würden."

Toni lächelte traurig. „Amanda hatte recht, Angst vor

meiner Familie zu haben. Aber ich bin mir sicher, dass sie keine Angst vor mir hatte."

„Wollen Sie mir damit sagen, dass Ihre Familie Amanda getötet hat?"

„Nein, niemand wusste, dass Amanda abhauen oder sich scheiden lassen wollte. Wenn das Ganze nicht heimlich vollzogen worden wäre, dann würde ich meine Hand nicht für meine Familie ins Feuer legen. Aber ich habe nichts geahnt. Nichts!"

„Wie war das mit Ihrem Ehevertrag?"

„Daran sehen Sie schon, dass ich gar keinen Grund hatte, Amanda zu töten. Denn sie hätte nur einen Pflichtteil geerbt, solange ich mit ihr verheiratet war. Der einzige Mensch, der ein Interesse daran hatte, dass Amanda mit mir verheiratet blieb, war Vanessa!"

„Die doch gar nicht an dem Vermögen, sondern nur an dem Betrieb ihres Vaters interessiert war."

„Sagt sie. Glauben Sie der Frau kein Wort. Amanda wird ihr gesagt haben: Zahl mich aus. Sobald ich geschieden bin, zahl mich aus. Das hätte Vanessa nicht gekonnt. Denn so schön die Firma nach außen aussah – ich habe von Amanda ihren Pflichtteil geerbt und mithin Einblick in die Bücher bekommen. Seriös gerechnet ist das ganze Firmenkonsortium pleite. Die lebten nur noch von Krediten. Vanessa hätte die Firma zerschlagen und die Immobilien verkaufen müssen, um Amanda auszuzahlen. Und das, liebe Frau Mansfield, kann ich Ihnen beweisen. Ich habe es zwar nicht zum Master in Betriebswirtschaft gebracht, aber Bilanzen kann ich besser lesen als Banker, das dürfen Sie mir glauben. Und Bilanzakrobatik erkenne ich aus zehn Meter Entfernung."

„Da steht dann also Aussage gegen Aussage."

„Nein, das tut es nicht. Leander hat mir gestanden, dass Vanessa Amanda umgebracht hat."

„Wie bitte?"

„Leander war bei dem Streit zwischen Amanda und Vanessa dabei. Vanessa hat Amanda angeschrien, dass sie sie nicht auszahlen könne. Jetzt nicht, sie brauche jeden müden Cent für die Firmen. Er hat es gehört. Er hat auch gehört, wie Vanessa Amanda am Morgen erschlagen hat, und durch den Türspalt gesehen, wie sie sie wegschaffte. Leander hat sich in seinem Zimmer versteckt. Er war schon immer ein Feigling."

„Aber warum? Also das verstehe ich jetzt nicht, warum hat er das denn nicht vor der Polizei ausgesagt?"

„Weil Vanessa ihm gedroht hat, unser Verhältnis öffentlich zu machen und mir die Schuld an Amandas Tod in die Schuhe zu schieben."

„Vanessa wusste also, dass Sie und Leander mehr waren als gute Freunde?"

„Ja, er hat es ihr gesagt, als sie wollte, dass er mit nach Versmold zieht. Er hat ihr gestanden, dass er niemals im Leben einen anderen Menschen mehr geliebt hat als mich und er mich nicht verlassen würde. Der naive Junge, er hat ihr damit die Macht in die Hand gegeben."

„Wusste Leander auch, wie Amanda umgebracht wurde?"

„Ja, Vanessa hat sie erschlagen."

„Und deshalb musste auch Leander sterben?"

„Davon bin ich überzeugt. Ich weiß zwar nicht, wie sie das gedeichselt hat, aber ich bin davon überzeugt, dass sie einen wackligen Zeugen loswerden wollte. Leander war zu labil, er wäre irgendwann bei den Befragungen eingeknickt."

„Und der Unfall des Vaters? War das auch Mord?", fragte ich, weil ich schon mal dabei war.

„Ich tippe auf Selbstmord", sagte Toni. „Der Mann war mit seinen Firmen am Ende, er hatte sich schlicht und ergreifend übernommen. Und Schwäche konnte er sich nicht eingestehen. Wahrscheinlich hatte man ihm einen erneuten Kredit verweigert."

Ich trank einen großen Schluck Tomatensaft, vor allem um zu überlegen. Was der Mann sagte, klang plausibel. Hatte er das auch der Polizei mitgeteilt?

„Nein", sagte Toni, „ich erzähle es Ihnen, aber es wäre nicht gut für Sie, wenn Sie darüber etwas verlautbaren würden."

„Wieso wurden Sie nicht von der Polizei verdächtigt? Wieso ist aller Verdacht von Anfang an auf Vanessa gefallen?"

Toni lächelte mich an. Aber er sagte nichts.

Okay. Dann nicht.

„Wieso haben Sie meine Wohnung durchsuchen lassen? Wieso musste meine beste Freundin sterben?"

Toni lehnte sich zurück und betrachtete mich. Er schüttelte den Kopf. „Ich fürchte, Sie haben immer noch nicht verstanden. Lassen Sie es mich Ihnen erklären."

Toni rückte ein wenig näher an mich heran. „Vanessa ist

eindeutig überführt und deshalb auch verurteilt worden. Seit einem Jahr überlegt die Frau, wie sie aus der Hölle, in die man sie zum Schmoren geschickt hat, wieder herauskommt."

„Aha", sagte ich.

„Was macht eine Frau, wenn sie im Knast sitzt? Glauben Sie, dass man die körperlichen Bedürfnisse am Gefängnistor abgibt? In einem Frauengefängnis hat man nicht sehr viel Auswahl. Frauen treffen auf Frauen, und dann ist da eine, die ist hübsch, die ist nett, und sie verlieben sich ineinander. Die eine erzählt der anderen, wie man in diese dumme Situation gekommen ist. Aber die eine von den beiden hat eine lebenslange Haftstrafe, die andere steht kurz vor ihrer Entlassung. Also versucht die lebenslang Eingesperrte alles, um dem Gefängnis zu entkommen. Sie hat viel Zeit zu überlegen. Und dann hat sie eine Idee. Ihr Fall muss neu aufgerollt werden. Aber es gibt keine neuen Beweise. Wie schafft man es, ein Wiederaufnahmeverfahren anzustrengen? Indem man Beweise oder vermeintliche Beweise kreiert. Und dabei hat unsere liebe Vanessa zwei Gehilfinnen. Sie, mit Verlaub, eine renommierte Krimiautorin, die nach der wahren Geschichte der Schlächterin von Prenzlberg lechzt. Sie waren doch nur zu bereit, ihr ihre schönen Märchen zu glauben. Und dann ist da ihre Geliebte. Aaliyah heißt sie übrigens, sie ist jung, sie ist schön, und sie hat familiäre Verbindungen in genau die richtigen Kreise."

„Jetzt wird es spannend", sagte ich. Mit einem ironischen Unterton, ich glaubte dem Mann kein Wort.

„Schauen Sie, der Markt für illegale Aktivitäten ist in Deutschland aufgeteilt unter einigen Familien, im Moment herrscht zwischen zwei Familien Krieg. Das hat etwas mit Verteilungskämpfen zu tun, es ist unerheblich für Sie, Details zu erfahren. Die eine Familie sind unter anderem die El-Halabis, und die andere Familie sind die Al-Wasirs. Im Grunde genommen sind wir auch miteinander verwandt, aber das spielt keine Rolle.

Wenn also die Familie Al-Wasir etwas gegen die Familie El-Halabi in der Hand hätte, womit man sie diskreditieren könnte, dann wäre das immerhin der Gewinn einer Schlacht. Und so haben Aaliyah und Vanessa etwas ausgeheckt, was den Al-Wasirs Punktgewinne bei ihren Verteilungskämpfen bringen könnte und Vanessa vielleicht aus dem Gefängnis. Und wie lenkt man den Verdacht weg von Vanessa auf Toni El-Halabi? Indem man die nette, naive Schriftstellerin verfolgt und ängstigt.

Ich gehe davon aus, dass es nicht in der Absicht der Al-Wasirs lag, Sie durch eine Autobombe zu töten. Wahrscheinlich wollte man Sie nur so weit erschrecken, dass Sie damit zur Polizei gehen. Nur, Bombenbasteln gehört nicht zu unserer Grundausbildung."

„Wollen Sie mir damit sagen, ich sei die ganze Zeit nur ein Werkzeug von Vanessa gewesen?"

„Genau das will ich Ihnen damit sagen. Die Frau hat Sie benutzt."

„Das ist Blödsinn", sagte ich. *Aber Moment mal,* dachte ich, *hat Vanessa einmal wirklich Interesse dafür gezeigt, was ich aus ihren Unterlagen für einen Text fabriziere?* Doch ein einziges Mal. Sie habe nicht geheult. Aber das war alles. Hatte sie nicht bereitwillig Peters Knebelvertrag unterschrieben?

„Was hatte sie denn davon, mir die Aufzeichnungen zu schicken?“

„Alles, was den Knast verlässt, wird gelesen. Es war ihr vollkommen egal, was Sie schreiben, ihr kam es nur darauf an, dass ihre Aufzeichnungen gelesen wurden und dass Sie dann offensichtlich bedroht wurden. Ziel erreicht.“

Ich schüttelte den Kopf. „Das haben Sie sich aber schön zusammengereimt. Darf ich jetzt gehen?“

„Wo darf ich Sie hinbringen?“, fragte er und stand ebenfalls auf.

„Danke, ich nehme ein Taxi“, sagte ich und stürmte aus dem Hotel. Nur weg, ganz schnell weg von diesem ganzen Schmutz.

Toni holte mich ein. Er sah, dass mir die Tränen herunterliefen. „Nicht weinen, nicht doch.“ Er nahm mich in den Arm und führte mich zu seinem Wagen. „Kommen Sie, steigen Sie ein.“

Ich wusste nicht mehr, was ich denken sollte.

„Wohin darf ich Sie bringen?“

„Zu meinem Anwalt.“

„Verraten Sie mir noch, wo das ist?“

„Bleibtreustraße“, sagte ich.

Dann saß ich schweigend neben ihm, und tausend Fragen schossen mir durch den Kopf. Wieso hatte Vanessa mich so ausdrücklich vor Toni und seiner Familie gewarnt? Ich konnte mir die Antwort selbst geben: Weil sie mich richtig eingeschätzt hatte. Sie ahnte, dass ich trotz ihrer Warnungen versuchen würde, Toni zu kontaktieren. Sie hatte Interviews mit mir gelesen, in denen ich gesagt hatte, dass ich jedes Detail meiner Krimis akribisch recherchieren würde. Die Frau hatte eine unglaublich gute Menschenkenntnis, bereits bei unserem ersten Kennenlernen hatte ich das Gefühl gehabt, dass sie bis in mein Herz sehen konnte.

Und die Autobombe sollte mich wohl davon abhalten, nach Paris zu fliegen. Ich hatte ihr nicht Bescheid gesagt, wann ich abreisen würde. Die Frau war noch durchtriebener, als ich es mir hätte in meinen kühnsten Träumen vorstellen können. Aber Moment mal.

„Wenn Leander gehört hat, wie Amanda getötet wurde, dann wusste er doch bestimmt auch, womit sie getötet wurde?"

Toni brummte zunächst etwas Unverständliches. „Ja", bestätigte er dann. „Ironie des Schicksals, sie hat sie mit einer Skulptur von Leander erschlagen. Es war ihre Lieblingsskulptur, sie hieß *Der vorauseilende Gedanke*."

„Was?" Ich setzte mich so abrupt in dem weichen Sessel auf, dass der Sicherheitsgurt mich festzog und zurückwarf.

„Leander hatte keine Ahnung, wo Vanessa die Mordwaffe entsorgt hat, sie hat sie zusammen mit Amanda aus der Wohnung entfernt. Hätte man Amanda und die Mordwaffe gefunden, wäre Vanessa sofort verurteilt worden."

Ich musste nachdenken. Ich musste mich ganz in Ruhe sortieren. Aber mittlerweile war mir klar, dass jedes Wort, das der Mann gesagt hatte, wahr war.

„Toni“, sagte ich, „wir beide haben etwas gemeinsam. Wir haben beide einen geliebten Menschen verloren.“

„Ja. Das habe ich doch die ganze Zeit versucht, Ihnen zu sagen. Obwohl das nicht die ganze Wahrheit ist, ich habe zwei geliebte Menschen verloren. Denn Amanda habe ich auch geliebt. Wirklich.“

„Dann sollten wir die Mordwaffe sicherstellen“, sagte ich.

„Und wie wollen Sie das machen?“

Ich fürchte, ein diabolisches Grinsen trat in mein Gesicht. „Ich glaube, ich weiß, wo sie ist. Programmänderung: Bitte fahren Sie mich zum Lietzensee.“

Der vorauseilende Gedanke

Kaum war ich wieder in Peters Wohnung, stöberte ich in der Ermittlungsakte. Dort gab es doch dieses Foto von Vanessas Küche? Jawoll, da war es ja. Ein Polizeifotograf hatte es geschossen. Man sah die schöne, stahlgebürstete Küchenzeile, den alten Esstisch, die Designerstühle und eine Skulptur auf einem Marmorsockel.

Ich hatte ihn die ganze Zeit im Kopf gehabt, diesen Gedanken, der an die Oberfläche wollte, aber sich hartnäckig weigerte, sein Gesicht zu zeigen.

Ich legte das Bild des Polizeifotografen auf den Tisch und suchte in meinen eigenen Rechercheausdrucken das Foto, das Amanda am Vorabend ihres Verschwindens von Vanessas Küche auf Instagram gepostet hatte.

Man sah es nicht auf den ersten Blick. Ich legte beide Ausdrucke nebeneinander. Dann putzte ich zur Sicherheit meine Brille und nahm die Fotos genau unter die Lupe. Die beiden Skulpturen waren nicht identisch. In der Mitte der Skulpturen befand sich ein scheinbar rennender Mann mit erhobenen Armen. Um ihn herum waren diverse Objekte positioniert. So weit waren beide Figuren gleich. Doch auf dem Bild des Polizeifotografen war die vordere Scheibe von einem Pfeil durchbohrt, auf dem Bild von Amanda gab es vorn keine Scheibe, sondern einen Pfeil, auf dem eine Kugel zu tanzen schien. Über dem Polizeifoto umschwirrten den Kopf der Figur verschiedene Objekte, auf dem Instagram-Post sah man so etwas wie ein &, also ein einzelnes, gebogenes, in sich verschlungenes Objekt. Es bestand kein Zweifel, bei näherem Hinsehen waren das zwei unterschiedliche Skulpturen, auch wenn sie sich sehr ähnlich waren. Ich entsperrte mein Smartphone und suchte die WhatsApp von Bertrand Fournier. Da war sie. Ich verglich die Skulptur mit den beiden Bildern, die auf Peters Tisch lagen. Bertrands Skulptur entsprach dem Instagram-Post von Amanda.

Ich rief bei der Mordkommission an: „Ich glaube, ich habe die Waffe, mit der Amanda ermordet wurde."

Kommissarin Pietsch bat mich, doch noch mal vorbeizukommen. So viel zu Peters Ermahnung, das Haus in keinem Fall zu verlassen. Also machte ich mich mit Smartphone und zwei Ausdrucken erneut auf den Weg in die Keithstraße.

Gottes Mühlen mahlen langsam

Die Kommissarin hat sich für meine Beobachtungen bedankt, ich habe ihr die beiden Ausdrucke hinterlassen, auf denen klar erkenntlich war, dass die Figuren nicht identisch waren. „Die Telefonnummer habe ich ja bereits dem Kommissar gegeben", sagte ich und pinselte sie trotzdem auf den WhatsApp-Ausdruck von Bertrand.

Von der Mordkommission aus rief ich Peter an und bat ihn, mich abzuholen.

„Du bist wahnsinnig, dich so in Gefahr zu begeben", stellte Peter fest, nachdem ich ihm die Ereignisse des Tages bei einem „kleinen Abendbrot", wie er es nannte, berichtet hatte.

„Ich hatte einfach nicht damit gerechnet, dass ich jemandem direkt bei der Mordkommission in die Arme laufen würde. Tonis Bulldogge hat mich zu Tode erschreckt", sagte ich. „Also so ganz ohne ist der auch nicht, wenn er sich mit solchen Typen umgibt."

„Blütenrein dürfte seine Weste nicht sein", gab Peter mir recht.

„Was glaubst du, warum die Polizei ihn trotzdem nie ernsthaft ins Visier genommen hat?"

Peter schenkte uns ein Glas Wein ein und lächelte. „Ich habe den Verdacht übrigens schon vorher gehabt."

„Welchen?"

„Weißt du, warum die deutsche Justiz den Clans so schwer beikommen kann?"

„Weil die alle zusammenhalten wie Pech und Schwefel und auch das Gefängnis nicht scheuen."

„So ist es. Alles spielt sich untereinander ab, bleibt also in der Familie. In die Mafia können sie noch Leute einschleusen, in terroristische Kreise kann man V-Männer einführen, aber in einen Clan musst du hineingeboren werden. Wenn die Polizei also einen von denen nur scheinbar belästigt, aber auch laut Ermittlungsakte niemals wirklich als Täter in Betracht zog, kann das für mich nur bedeuten, dass Toni für den Verein arbeitet."

„Du meinst, Toni ist so was wie ein V-Mann für die Polizei?"

„Könnte ich mir vorstellen. Das wird dir nie jemand bestätigen, und du wirst das auch nicht beweisen können."

„Das ist mir auch so was von egal. Eigentlich fand ich diesen Toni sogar ganz sympathisch, obwohl ich ihm am Anfang nicht ein Wort geglaubt habe."

„Dass es im Moment einen Clankrieg gibt, ist allerdings belegt. Ich habe davon gehört."

„Du hast also schon mal was von Aaliyah Al-Wasir gehört?"

„Von Aaliyah noch nicht, von der Familie natürlich."

„Und du hältst es für glaubhaft, dass die hinter dem Anschlag auf mein Auto stehen?"

„Ja. Unbedingt. Du hast doch auf der Mordkommission heute erzählt, was du von Toni erfahren hast?"

„Nein, nicht alles, nur dass Toni meint, die Al-Wasirs würden dahinterstecken. Kommissarin Pietsch meinte, sie würden mit dem LKA 41 zusammenarbeiten."

„Dann heißt es jetzt abwarten und Wein trinken", sagte Peter und schenkte mir nach.

„Eigentlich könnte ich doch jetzt wieder nach Hause."

„Morgen, mein Schatz, heute Nacht nicht mehr."

„*Let's spend the night together*", sagte ich. „Ich muss mich morgen dringend um die Beerdigung von Birgit kümmern und um ihren Timo."

„Und um dein neues Buch."

„Das auch."

Die Mordwaffe

Es dauerte, bis Birgits Leiche von der Staatsanwaltschaft zur Beerdigung freigegeben wurde. Ich kümmerte mich unterdessen gemeinsam mit ihrem Sohn um die Organisation. Es war eine bewegende Trauerfeier, ehemalige Kolleginnen und Kollegen und Freunde waren gekommen und sogar ihre zwei Ex-Ehemänner mit ihren Frauen.

Timo hatte mich gebeten, die Trauerrede zu halten. Ich versuchte es, doch meine wohlüberlegten Worte ertranken in Tränen. „Leb wohl, Süße", war so ziemlich der einzig zusammenhängende Satz, den ich klar verständlich herausgebracht habe.

Ein paar Tage nach Birgits Beerdigung bekam ich eine Nachricht, die ich sofort an Toni weitergab.

Die Skulptur, die von Bertrand zurück nach Berlin ins Polizeilabor geschickt wurde, hatte Vanessa eindeutig des Mordes an ihrer Schwester Amanda überführt. Die Labortechniker hatten Blutreste an der Unterseite der Skulptur gefunden, die von Amanda stammten. Und darauf prangte in voller Schönheit ein Teilfingerabdruck von Vanessa.

Vanessa von Wolfrathshausen, geborene Baerwald, würde sich in einem zweiten Prozess auch für Anstiftung zum Mord verantworten müssen. Sie würde niemals wieder in ihrem Leben die Freiheit schmecken.

Toni hatte noch eine kleine Ergänzung für mich: Aaliyah würde Vanessa jedenfalls im Gefängnis nicht mehr zu Diensten sein können. Die Frau war bereits entlassen worden.

Ich konnte es kaum erwarten, mit meiner Tochter zu telefonieren. Die Vorfälle hatten mir bewusst gemacht, wie schnell ein Leben vorbei sein kann. Allerdings wollte ich Sarah nicht in ihrem Urlaub ängstigen, sondern hatte gewartet, bis sie wieder zu Hause war. Mehr als eine sehr geschönte Zusammenfassung der Ereignisse bekam meine Tochter nicht zu hören. Und auch die Meldung, die ich im *Berliner Kurier* gefunden hatte, habe ich ihr nicht vorgelesen:

Berliner Kurier, 23.9.2018

Tödlicher Unfall mit Fahrerflucht

Bei einem Autounfall auf der Turmstraße in Moabit kam in der Nacht zum Dienstag die 25-jährige Aaliyah A. ums Leben. Die Frau war gegen drei Uhr morgens zu Fuß unterwegs. Sie wurde in dem Bereich zwischen Stromstraße und Wilsnacker Straße von einem Wagen erfasst und gegen eine Straßenlaterne geschleudert. Der Fahrer des Wagens beging Fahrerflucht. Die Frau starb noch am menschenleeren Unfallort.

Die Polizei bittet um Mithilfe: Wer hat einen schwarzen

Wagen mit überhöhter Geschwindigkeit auf der Turmstraße fahren gesehen oder kann Hinweise zum Verbleib des mit Sicherheit erheblich beschädigten Wagens machen? Sachdienliche Hinweise nimmt jede Polizeidienststelle entgegen.

Ein neuer Anfang

Ich rief meine Lektorin Regine an und berichtete von meiner Bauchlandung mit der wahren Geschichte von Vanessa von Wolfrathshausen.

„Und nun?", fragte meine Lektorin. „Was für eine Geschichte schreibst du jetzt?" Natürlich wollte sie so schnell wie möglich einen neuen Plot, ein neues Exposé.

„Ich schreibe die wahre Geschichte. Die Geschichte einer Schriftstellerin, die von einer Mörderin hereingelegt wurde. Also meine Geschichte."

Regine lachte. „Hast du schon eine Idee für den Titel?"

„Ja, die habe ich. *Der 19. Engel.*"

„Hört sich gut an. Aber wieso der neunzehnte Engel?"

„Der Koran lehrt, dass die Hölle von neunzehn Engeln bewacht wird. Diese geben alles, die Sünder trotz ihrer Bitten und Flehen immer wieder zurück in die Hölle zu stoßen. Der neunzehnte Engel war schon fast überzeugt, dass eine Sünderin zu Unrecht im Höllenfeuer gebraten wurde. Aber dann findet er heraus, dass die Sünderin mit vollem Recht lebenslang in der Hölle schmort. Und er stößt sie dorthin zurück, wo sie hingehört."

„Tolle Geschichte. Und wer ist der neunzehnte Engel?“, fragte Regine.

„Dreimal darfst du raten.“

Liebe Leserin, lieber Leser,

vielen Dank, dass Sie bis hierher der Geschichte gefolgt sind. Das Buch ist während des Lockdowns 2021 entstanden, deshalb habe ich die Story in eine Zeit zurückversetzt, in der das Leben noch seinen ganz normalen Horror hatte. Ausnahmsweise war es mir nicht möglich, für eine Geschichte direkt vor Ort zu recherchieren. Deshalb habe ich auf die reichhaltigen Erfahrungen zurückgegriffen, die ich in meinem beruflichen Leben als PR-Frau machen durfte:

Zwölf Jahre lang habe ich die Kampagne „Unsere Landwirtschaft. Wir brauchen sie zum Leben" für die Centrale Marketing-Gesellschaft der deutschen Agrarwirtschaft konzipiert. Diese Arbeit hat mich auf die Höfe, in die Ställe, in Schlachthäuser und Zerlegebetriebe quer durch Deutschland geführt.

Unter meinen Kunden gab es einen Tiefkühlhersteller und eine Supermarktkette, in deren Auftrag ich TV-Teams durch den Berliner Fleischgroßmarkt und zu Dönerproduktionen geführt habe. Die Locations sind mir ebenso vertraut wie die Fnac-Filialen in Paris.

Zur Einführung der ersten Fnac-Filiale in Deutschland durfte ich vierzig Kulturjournalisten zur Eröffnung des Flagship-Stores auf den Champs-Élysées nach Paris entführen.

Sowohl die Kulturbrauerei als auch das Haus am Kollwitzplatz sind ebenfalls Teil meiner beruflichen Vergangenheit.

Und dann ist da noch *Der vorauseilende Gedanke*. Der Name und das Aussehen sind authentisch, nur hat diese wunderbare Skulptur Wulfried O. Hengstenberg geschmiedet. Und sie steht auch nicht in Paris, sondern in unserem Wohnzimmer. Sie ist Teil der beruflichen Vergangenheit meines Mannes, der vor vielen Jahren in seiner Galerie Hengstenberg-Skulpturen ausgestellt hat.

Wenn Ihnen der Roman gefallen hat, freue ich mich auf eine Rezension bei Amazon. Wenn nicht, würde ich mich freuen, wenn Sie mir in einer Mail an

info@nikalubitsch.de

den Grund dafür mitteilen. Nur so kann ich besser werden. Wenn Sie mehr über mich erfahren wollen, dann treffen Sie mich hier:

www.facebook.com/NikaLubitsch

Und wenn Sie auf keinen Fall wieder eine Neuerscheinung oder einen Deal verpassen wollen, dann würde ich mich freuen, wenn Sie sich auf meiner Website

www.nikalubitsch.de

zu meinem Newsletter anmelden. Zur Anmeldung direkt geht es hier:

nikalubitsch.de/newsletteranmeldung

Für jede Newsletter-Anmeldung gibt es ein Nika-Lubitsch-eBook Ihrer Wahl umsonst.

Ich freue mich auf ein baldiges Wiederlesen!

Herzlichst
Ihre Nika Lubitsch

18 Grad unter Null

Eiskalte Rache

Vanilleeis mit Kirschsauce: Die zwölfjährige Claudia stirbt einige Stunden nach dem Genuss ihres Lieblingsdesserts im Kreis ihrer Familie. Wer hatte einen Grund, das Mädchen zu vergiften? Diese Frage zerstört die Patchwork-Familie und drei Menschenleben, denn auf jedem von ihnen liegt ein schrecklicher Verdacht. Claudias Mutter braucht sechsunddreißig Jahre, um endlich die Wahrheit zu erkennen. Sie schmiedet einen perfiden Plan.

Der 19. Engel

Die wegen des Mordes an ihrer Schwester zu lebenslanger Haft verurteilte Vanessa von Wolfrathshausen bietet der Krimiautorin Juliane Mansfield an, ihre „wahre Geschichte" zu erzählen. Die als „Schlächterin vom Prenzlberg" von den Medien titulierte Vanessa hat die Polizei jahrelang in Atem gehalten und die Zeitungen mit Schlagzeilen versorgt. Denn der Fall bot alles, wonach die sensationsgeile Öffentlichkeit lechzt: ungelöste Geheimnisse, eine fehlende Leiche und maximalen Grusel. Je mehr Informationen Juliane erhält, desto größer werden ihre Zweifel, ob Vanessa ihre Schwester tatsächlich abgeschlachtet hat und zu Dönerfleisch verarbeiten ließ. Ein Mordanschlag auf die Krimiautorin veranlasst auch die Staatsanwaltschaft, den Fall neu aufzurollen.

Sie wäre jetzt 17

Wenn Mutterliebe tötet

Es ist Liebe auf den ersten Blick, als Michaela und ihre Tochter Sarah den Amerikaner Matthew und seine Tochter Leah in Paris kennenlernen. Der verwitwete Professor und die geschiedene Unternehmerin scheinen das perfekte Paar, und auch die beiden Mädchen verstehen sich auf Anhieb. Drei Jahre nach ihrer Heirat erhält Michaela eine schier unglaubliche Information. Die sich zu bewahrheiten scheint, da Leah noch in derselben Nacht spurlos verschwindet. Und das ist erst der Anfang eines Albtraums, aus dem es für Michaela kein Entkommen gibt.

15 Jahre
Wenn die Liebe deines Lebens zur tödlichen Gefahr wird
Als Andreas nach fünfzehn Jahren glücklicher Ehe spurlos verschwindet, erkennt Nicole, dass sie ihren Mann gar nicht richtig kannte. Bei der Suche nach Andreas entdeckt sie Geheimnisse, die besser im Verborgenen geblieben wären. Dabei stolpert sie in Abgründe, die sie sich in ihren schlimmsten Albträumen nicht hätte vorstellen können. Bis eines Tages die Polizei vor ihrer Tür steht und sie um eine DNA-Probe bittet.

Haus Nummer 13
„Machen Sie das Haus nicht unglücklich, sonst wird es Sie unglücklich machen."
Die alte Villa mit der Hausnummer 13 ist Claudias Traumhaus. Kurz nachdem sie und ihr Mann es gekauft und mit den Renovierungsarbeiten begonnen haben, erhalten sie einen sonderbaren Brief. Ein anonymer Schreiber warnt die neuen Besitzer davor, etwas an dem Haus zu verändern, andernfalls würde sich das Haus rächen und ihre Familie zerstören. Anfangs hält Claudia das für eine harmlose Spinnerei, doch es folgen weitere Briefe, die vermeintlich auch ihre Kinder bedrohen und wie Gift in das Leben der Familie tröpfeln. Die Details, die der Schreiber kennt, werden immer persönlicher und die Drohungen immer schlimmer. Als eine Leiche im Keller gefunden wird, hat Claudias Traumhaus sich vollends in einen Albtraum verwandelt.

11 Stufen
Als Erstes gab der Atlantik ihren roten Anorak frei
Lea flieht aus ihrer kaputten Ehe nach Irland. Im Galway County findet die erfolgreiche Krimiautorin ein Ferienhäuschen und sehr schnell Anschluss an die deutsche Vermieterin Karin und ihre Tochter Anne. Anfangs glaubt Lea, endlich Frieden zu finden, sie verliebt sich sogar in den attraktiven Landarzt Sean. Doch die Postkartenidylle trügt. Als eine Frau verschwindet, gerät Sean unter Mordverdacht. Lea beginnt mit eigenen Ermittlungen, die sie bald in Lebensgefahr bringen. Nachdem sie einen Unfall mit viel Glück überlebt, wird Lea aus dem Krankenhaus entführt. Wer hat ein Interesse an ihrem Tod?

10 Stunden Ewigkeit
Von der Jägerin zur Gejagten – dem Bösen zu nah
Christine Morten, tagsüber treu sorgende Professorengattin und Mutter, macht nachts als „chrissie_10" im Internet Jagd auf Serienkiller. Im ganzen Land bekannt ist ihre im Netz veröffentlichte Liste von Verbrechen, die mithilfe von Online-Annoncen begangen wurden. Eines Nachts bringt der Mord an einer Studentin Chrissie auf die Spur des „Ivy-League-Rippers" – und sie beschleicht ein schrecklicher Verdacht. Als kurz darauf das FBI ihr Haus stürmt, versucht Chrissie ihren Sohn in Sicherheit zu bringen. Das erweist sich als fataler Fehler. Für Chrissie beginnen zehn Stunden Ewigkeit.

Bella, 14
Sie waren das vierblättrige Kleeblatt: Bella, Jana, Funny und Alessa. Bis die vierzehnjährige Bella eines Tages von einem gemeinsamen Badeausflug nicht zurückkehrte.
Zwanzig Jahre später: Alessa hat als Richterin den Vorsitz bei einem Prozess gegen einen Starfotografen. Der Prozess führt sie in die Welt junger Mädchen, die von einer Modelkarriere träumen. Aber nicht nur die Zeuginnen in Alessas Gerichts-

saal waren bereit, dafür alles zu geben. Bei der Beweisaufnahme fallen Alessa immer mehr Ereignisse ihrer eigenen Jugend ein. Könnte es sein, dass sie dem Angeklagten schon einmal begegnet ist? Und was hat das mit dem Mord an ihrer Freundin Bella zu tun? Lang Verdrängtes stürzt Alessa in einen Gewissenskonflikt. Als Richterin weiß sie nur zu gut, wie trügerisch Erinnerungen sein können. Deshalb begibt sie sich auf die Suche nach ihren alten Freundinnen und kommt dabei dem Abgrund viel zu nah.

Deck 9 – Tod auf dem Atlantik
Eine mörderische Kreuzfahrt mit Sybille Thalheim, der Heldin aus Nika Lubitschs internationalem Bestseller „Der 7. Tag".
Einst stand Sybille Thalheim wegen eines Mordes, an den sie keine Erinnerung hatte, vor Gericht. Jetzt unternimmt sie als Reporterin für das Magazin Cosmos eine Transatlantikkreuzfahrt, um über Verbrechen auf hoher See zu berichten. Ausgerechnet Sybille wird zwischen Rio und Rom Zeugin, wie eine junge Frau in Panik vor einem Mann flieht, der behauptet, ihr Ehemann zu sein. Sybille hilft der jungen Frau, die ihr Gedächtnis verloren hat, was sie bald bereut. Als ihr angeblicher Ehemann ermordet aufgefunden wird, gibt es nur eine Verdächtige: die Frau, die er Nina nannte. Sybille ahnt nicht, dass sie sich auf ein lebensgefährliches Spiel mit übermächtigen Gegnern einlässt. Als auch Nina niedergestochen wird, ist es bereits zu spät, um auszusteigen. Denn Sybille ist der Wahrheit lebensgefährlich nah gekommen.

Im 8. Kreis der Hölle
Daniela ist acht Jahre alt, als ihre große Schwester Franzi in einer Sommernacht spurlos verschwindet. Die Polizei geht von einem Tötungsdelikt aus, doch Franziskas Leiche wird nie gefunden. Daniela fühlt sich mitschuldig am Zerbrechen ihrer Familie, denn seit jener Sommernacht hütet sie ein Geheimnis. Zwanzig Jahre später erkennt Daniela die totgeglaubte Schwes-

ter auf einem kanadischen Zirkusplakat. Die Suche nach Franzi führt Daniela zurück in die Vergangenheit, sie gerät in einen Strudel aus Verbrechen und Verrat, der sie in den Abgrund zu reißen droht. Statt in den Armen ihrer geliebten Schwester landet sie unter Mordverdacht vor einem Haftrichter in Montreal.

Die 12. Nacht
Nicole und Sarah wollen ihre Weihnachtsferien auf einem einsam gelegenen Hof im Thüringer Wald verbringen. Nach einem heftigen Schneesturm ist der Hof von der Außenwelt abgeschnitten. Die Frauen vertreiben sich die Zeit mit alten Märchen und Thüringer Sagen. Aber es sind nicht nur die gruseligen Geschichten von den zwölf Raunächten, die sie zunehmend beängstigen, sondern vor allem die unheimlichen Geräusche, die sie Nacht für Nacht aus dem Schlaf reißen. Als tagsüber wie aus dem Nichts unbekannte Spuren im Haus auftauchen, steigert sich ihre Angst bald zur Panik: Gibt es einen nächtlichen Besucher? In der zwölften Nacht wird aus den alten Mythen blutiger Ernst.

Der 6. Geburtstag
Bei einem Ausflug in die White Mountains hat Joleen einen schweren Autounfall und fällt ins Koma. Ihre vierjährigen Zwillinge schweben ebenfalls in Lebensgefahr. Als wäre das nicht schon schlimm genug, will der Staatsanwalt Joleen des versuchten Mordes an ihren Kindern anklagen. Ihr Mann Robert glaubt nicht an Joleens Schuld, auch wenn viele Indizien gegen sie sprechen. Während Robert um das finanzielle Überleben der Familie kämpft, macht er eine dramatische Entdeckung. Sollte Joleen sterben, weil jemand ein entsetzliches Verbrechen zu verbergen sucht? Robert stürzt sich in die verzweifelte Suche nach der Wahrheit. Kann er seine Frau vor lebenslanger Haft bewahren und den Schleier von einem düsteren Geheimnis in ihrer Vergangenheit reißen?

Mord auf Seite 3
Als die Leiche der kleinen Zoe als Engel drapiert in einem Berliner Wald gefunden wird, soll die Journalistin Jessica ihre Geschichte für die Seite 3 schreiben. Kurz darauf erschüttert ein weiterer Mord die Öffentlichkeit – und diesmal ist Jessica direkt betroffen. Ihre geliebte Tante Angela, eine berühmte Krimiautorin, wurde in ihrem Landhaus erdrosselt, offensichtlich das Werk eines in Brandenburg fieberhaft gesuchten Frauenmörders. Jessica erbt nicht nur das Landhaus, sondern erfährt hier auch mit Schrecken von der dunklen Seite ihrer Verwandtschaft. Noch ahnt sie nicht, dass sie mit ihren Recherchen nicht nur einem Serienmörder zu nahe kommt.

Mord im 4. Haus
Bestialische Morde in einem Berliner Vorort: Eine ganze Familie sollte ausgelöscht werden, nur Jonas, der geistig behinderte Sohn, überlebt schwer verletzt das Massaker. Für die Justiz scheint der Fall abgeschlossen, der Nachbar wurde dafür lebenslänglich ins Gefängnis geschickt. Für dessen Frau ist die Gerichtsreporterin Sybille Thalheim die letzte Hoffnung. Sybille, die einst selbst unschuldig im Gefängnis saß, beginnt zu recherchieren und stößt dabei auf entsetzliche Zusammenhänge, die selbst die hartgesottene Reporterin tief erschüttern. Sie kommt einem Thema auf die Spur, das bis heute in den Medien totgeschwiegen wird. Als sie mit ihren Recherchen skrupellose Mitglieder eines international agierenden Syndikats aufschreckt, findet sie sich zusammen mit Jonas, dem überlebenden Sohn, gefesselt auf dem Boden eines DHL-Transporters wieder …

Ein Wiedersehen mit Sybille Thalheim, der Heldin aus „Der 7. Tag“. Auch diese Krimi ist von der Produktionsgesellschaft *moovie* von Oliver Berben optioniert worden.

Der 1. Mann
Lara und Oliver sind ein glückliches Paar – bis zu dem Tag, an dem der Arzt Lara eine niederschmetternde Diagnose stellt. Statt ihr in den dunkelsten Stunden beizustehen, wendet sich Oliver von Lara ab. Im Krankenhaus lernt Lara Simone kennen. Auch sie wurde von ihrem Mann im Stich gelassen. Die beiden Frauen schmieden einen perfiden Plan. Doch dann kommt alles ganz anders, und Lara findet sich im Zusammenhang mit drei Morden vor Gericht wieder …

Das 2. Gesicht – Thriller
Nach einer überstürzten Hochzeit folgt Julia dem weltberühmten Thrillerautor George Osterman nach Amerika und findet sich unversehens mutterseelenallein in seinem luxuriösen Anwesen in Florida wieder – George zieht es vor, seine Thriller an einem geheimen Ort zu schreiben. Doch dann tauchen in den Everglades Leichenteile auf, deren Verstümmelungen Julia erschreckend an Georges Bücher erinnern. Wer ist der Mann, den sie geheiratet hat und der sich jetzt vor ihr in seinem Strandhaus versteckt? Gemeinsam mit ihrer Freundin begibt sie sich auf die Suche nach dem wahren Ich ihres Mannes. Sie werden in einen tödlichen Strudel von Ereignissen gerissen, zu denen George Osterman das Drehbuch schrieb.

Das 5. Gebot
Die Engländerin Vicky findet beim Joggen im Berliner Grunewald eine Leiche, die aussieht wie eine Zwillingsschwester. Als ihre Mutter in England getötet wird und Vicky mit viel Glück einen Mordversuch überlebt, ahnt sie, dass es ein dunkles Familiengeheimnis geben muss. Die Suche nach der Wahrheit führt Vicky quer durch Europa und weit zurück in die Vergangenheit. Es beginnt ein Wettlauf mit dem Tod.

Auch der zweite Roman von Nika Lubitsch konnte wieder Platz 1 der Kindle-Bestsellerliste erreichen.

Der 7. Tag
„Der 7. Tag" ist ein hinterhältiger Kriminalroman mit unerwartetem Ausgang. Sybille und Michael sind ein glückliches Paar, jetzt endlich erwarten sie ein Baby. Da verschwindet Michael spurlos. Sybille befindet sich mitten in einem Albtraum, aus dem es kein Erwachen gibt. Als ihr Mann erstochen aufgefunden wird, gibt es nur eine Verdächtige: seine Ehefrau. Die Anklage lautet auf Mord. Während Sybille vor Gericht den Ausführungen der Zeugen zuhört, zieht ihr gemeinsames Leben an ihr vorbei. Am siebenten Prozesstag erkennt Sybille plötzlich die Wahrheit. Sie muss sie nur noch beweisen.

Das Buch stand monatelang auf Platz 1 der Kindle-Bestsellerliste und ist in viele Sprachen übersetzt worden. Oliver Berben hat das Buch für das ZDF mit Stefanie Stappenbeck, Marcus Mittermeier, Steve Windolf, Henning Baum und Josefine Preuß verfilmt. Regie: Roland Suso Richter. Mehr als sechs Millionen Zuschauer sahen die Erstausstrahlung im ZDF als Fernsehfilm der Woche am 23. Oktober 2017.

Blue Light Berlin-Krimi –
in Zusammenarbeit mit dem Ex-Bullen Michael Hellmann

Band 1: … und aus bist du
Als die Hauptkommissare Claudia Westermann und Robert W. Robinson in eine Neuköllner Hinterhofwohnung gerufen werden, ahnen sie nicht, dass der Fall zu einer großen Herausforderung für die Berliner Mordkommission werden und sogar ihr Leben für immer verändern wird. Ein Familienstreit wurde von dem erwachsenen Sohn Denis mit dem Messer beendet. Sein Stiefvater stirbt im Rettungswagen, seine Mutter wird schwer verletzt ins Krankenhaus gebracht. Denis gelingt die Flucht, bevor die Polizei eintrifft. Von Céline, der zehnjährigen Tochter des Opfers, fehlt jede Spur.
Für Denis scheinen in dieser schwülen Freitagnacht alle Albträume wahr zu werden, er befürchtet, dass seine kleine Schwes-

ter entführt wurde. Obwohl nach ihm gefahndet wird, bittet er die Ermittler der Berliner Mordkommission um Hilfe. Doch nicht nur die Berliner Polizei, auch Célines Freunde machen sich auf die Suche – ohne zu ahnen, dass sie dadurch einem Kindermörder gefährlich nahe kommen.

Band 2: Der Tod trägt Schwarz
Toter Priester in St. Elisabeth. Pater Ludger wurde mit einem Kruzifix erschlagen. Viele Spuren und noch mehr mögliche Motive weisen in Richtung Wedding. Die Mordkommission unter Leitung von Claudia Westermann steht unter Druck: Presse und Inspektionsleiter drängen auf Ergebnisse. Da kommt die schnelle Verhaftung eines Verdächtigen gerade recht. Doch während die Ermittler in ihrer Stammkneipe Blue Light den Erfolg feiern, wird der Küster der englischsprachigen Mission mit einer Machete grausam niedergemetzelt.

Band 3: Denn ich habe dich erlöst
Ein Obdachloser rennt mit einem abgeschlagenen Frauenkopf schreiend in eine U-Bahn-Station. Die Berliner Mordkommission steht vor einem Rätsel. Wer ist die Tote, und warum wurde sie so grausam geköpft? Wo ist ihr kopfloser Körper geblieben? Der Mörder lässt den Kommissaren nicht viel Zeit. Bereits am nächsten Tag schlägt er erneut zu und präsentiert einen weiteren Frauenkopf in einem Schöneberger Park.
Während die Ermittler fieberhaft nach Gemeinsamkeiten zwischen den Opfern suchen, machen auch jugendliche Skater einen grausigen Fund. Und der Mörder hat bereits ein viertes Opfer im Visier. Doch noch ahnt niemand, dass Claudias ehemaliger Partner „Double-u“ und die pensionierte Leichenspürhündin Agathe dem Serienkiller bereits begegnet sind …

Krimi-Reihe Kudamm 216 –

Band 1: Erbsünde
Die arbeitslose Journalistin Judith, Generation Praktikum, bekommt einen Recherchejob bei der alten Krimiautorin Alice von Kaldenberg, genannt Lady Kaa, am Kudamm 216. Dass sie bereits bei ihrem ersten Interview Opfer eines Verbrechens wird, stand nicht in ihrem Arbeitsvertrag. Zusammen mit ihren Kollegen soll sie die Hintergründe des Mordes an einem Berliner Schönheitschirurgen aufklären. Dabei wird schnell klar: Der Professor war kein Chorknabe und seine Familie hat so manch dunkles Geheimnis, das weit in die Vergangenheit führt und nicht nur Judith in Lebensgefahr bringt.

Band 2: Sommernachtsmord
Und noch ein heikler Auftrag für „Lady Kaa" und ihr Team vom Kudamm 216: In Berlin Wannsee werden zwei Leichen gefunden. Die Ermordeten hatten sich 1968 während einer Klassenfahrt abgesetzt, angeblich in das Heiratsparadies Gretna Green. Seitdem fehlte von ihnen jede Spur. Jetzt steht Konstantin von Kaldenberg unter Mordverdacht, denn die Ermordeten waren seine Geliebte und sein bester Freund. Kaldenberg gerät in Panik und bittet seine Exfrau, die Krimiautorin Alice, um Hilfe. Die Suche nach dem wahren Täter führt Alice und ihre Mitarbeiter nicht nur zurück in den „Sommer der Liebe", sondern auch in eine geheimnisvolle und lebensgefährliche Welt aus Tausendundeinem Albtraum.

Band 3: Erpresst
Panik am Kudamm 216: Alice von Kaldenberg, genannt Lady Kaa, ist spurlos verschwunden. Und das ausgerechnet während der Frankfurter Buchmesse, auf der ihr neuester Krimi vorgestellt werden sollte. Steht ihr Verschwinden in Zusammenhang mit dem Mord an Filmmogul Hermann Wiesenhagen, der Alice kurz zuvor in einer mysteriösen Angelegenheit um

Hilfe gebeten hat? Als auch noch ein Schriftstellerkollege, mit dem sie in einer Talkshow über wahre Kriminalfälle diskutiert hat, tot in seinem Hotelzimmer aufgefunden wird, steht Alice plötzlich unter Mordverdacht. Der dritte Fall aus der Reihe Kudamm 216 stellt das Team und Exmann Konny vor große Herausforderungen. Werden sie Lady Kaa retten können?

Blogbuch
Snowbirds – Mein Winter in Florida
Welcome to Paradise: Millionen Menschen träumen davon, den Winter in Florida zu verbringen. „Später mal", das versprach sich auch Nika Lubitsch jedes Mal, wenn sie aus dem Urlaub zurückkehrte. Jetzt hat sie ihren Traum vom Überwintern im Sunshine State wahr gemacht und festgestellt, dass dort nicht nur Orangen blühen, sondern auch Zitronen wachsen. In ihrer unverwechselbar schnodderigen Art hat die Berliner Bestsellerautorin ihre Erlebnisse gebloggt, in der Nachschau kommentiert und mit Tipps für Snowbirds versehen. Herausgekommen ist ein erfrischend anderer Führer durch den floridianischen Winter: Florida für Fortgeschrittene.

Social Fiction-Thriller
Alligator Valley – Krokodile weinen nicht
Ein 13-Jähriger wird in einem Krankenhaus in Berlin gekidnappt. Im Golf von Mexiko wird ein Casinoschiff entführt. Beide Verbrechen haben das gleiche Ziel: Die Operation von alten Menschen soll erzwungen werden.
»Alligator Valley – Krokodile weinen nicht« führt den Leser ausgehend von den sechziger Jahren des vorigen Jahrhunderts in das Jahr 2053, dessen Realität uns näher ist, als wir denken. Nach einem Cyber-Krieg ist die Welt aus den Fugen geraten. Damit die Jungen genug zum Leben haben, werden Menschen über 75 Jahren nicht mehr ärztlich betreut. Alte, die es sich leisten können, kaufen sich in die Alligatorenstaaten ein. Diese

Altenrepubliken sind nach dem Alligator benannt, der doppelt so alt wird wie jedes andere Krokodil.
Der 13-jährige Urs und seine Familie in Berlin sowie die TV-Frau Alice und ihre Freunde im »Alligator Valley« sind die Helden dieses Social-Fiction-Thrillers. Als durch einen rätselhaften Zwischenfall alle Satellitenverbindungen rund um den Globus zusammenbrechen, steht die Welt vor dem Kollaps, auf den sie seit Jahren hintaumelt. Nur in den Alligatorenstaaten haben die Menschen damit kein Problem, denn die Alten haben die Technik und das Know-how von gestern. Ausgerechnet die ausgemusterten Alten könnten jetzt die Jungen retten. Aber wollen sie es auch?

Kurzgeschichten
Strandglut – 27 Short(s) Stories
Eine Weltreise für die Badetasche: Besuchen Sie eine mörderische Familie auf einer Südstaatenfarm oder Istanbul mit einem Berliner Gemüsehändler, stimmen Sie ein in den New York City Blues oder bangen Sie mit der Braut in Las Vegas. Besuchen Sie das Everl auf der Alm oder fliegen Sie mit einer Klatschreporterin in die aufgehende Sonne. Verlieren Sie Ihr Herz in Disney World und erleben Sie einen Sonnenuntergang in Acapulco. Die Daheimgebliebenen finden den Mörder von Adele und das Geheimnis des Brühwürfels, Sie gehen auf einen nächtlichen Raubzug in Berlin und zeigen einem Callboy, wie Mann es richtig macht. 27 hinterhältige Short Stories, mal romantisch, mal spannend, aber immer mit einem überraschenden Ende. Coole Geschichten für heiße Tage.

Printed in Poland
by Amazon Fulfillment
Poland Sp. z o.o., Wrocław

76198456R00146